○ 林海音 著

会唱的球

北京理工大学出版社
BEIJING INSTITUTE OF TECHNOLOGY PRESS

版权专有 侵权必究

图书在版编目（CIP）数据

会唱的球 / 林海音著. —北京：北京理工大学出版社, 2018.12
ISBN 978-7-5682-6374-0

Ⅰ.①会… Ⅱ.①林… Ⅲ.①短篇小说—小说集—中国—当代 Ⅳ.①I247.7

中国版本图书馆CIP数据核字（2018）第221544号

出版发行 /	北京理工大学出版社有限责任公司
社　　址 /	北京市海淀区中关村南大街5号
邮　　编 /	100081
电　　话 /	（010）68914775（总编室）
	（010）82562903（教材售后服务热线）
	（010）68948351（其他图书服务热线）
网　　址 /	http://www.bitpress.com.cn
经　　销 /	全国各地新华书店
印　　刷 /	三河市嘉科万达彩色印刷有限公司
开　　本 /	889毫米×1194毫米　1/32
印　　张 /	5.5
字　　数 /	95千字
版　　次 /	2018年12月第1版　2018年12月第1次印刷
定　　价 /	35.00元

责任编辑 / 闫凤华
文案编辑 / 陈亲亲
责任校对 / 黄拾三
责任印制 / 施胜娟

图书出现印装质量问题，请拨打售后服务热线，本社负责调换

会唱的球

CONTENTS 目录

周记本 \ 001

母亲是个好榜样 \ 015

地坛乐园 \ 025

鸟仔卦 \ 063

贫非罪 \ 077

谢谢你，小姑娘 \ 087

白兔跳 \ 093

两粒芝麻 \ 101

会唱的球

目录 CONTENTS

玫瑰 \ 111

萝卜干的滋味 \ 127

穷汉养娇儿 \ 137

爸爸不在家 \ 155

会唱的球 \ 161

周记本

啊！当我能叫出母亲这甜蜜的名字，而她能听到的时候，谁又比我更幸福？

——贝多芬

我的声音因为兴奋而紧张，因为紧张便结巴起来了。我的兴奋并不是因为今天母姐会的出席人数比往次多，可以免得被校长挖苦，说我不会联络家长，每次只出席小猫三只四只。我的感情的激动，实在是因为今天出席的家长中，有一位特殊的人物——丁薇薇的母亲。

随便座谈会性质的母姐会，照例是要由老师先开话头的，所以我便说话了：

"谢谢各位家长，牺牲了星期日的休假，来出席本班的母姐会。但是为了孩子，我想大家是乐于参加的。

能够和诸位家长多联系，对于我的教学有许多好处，我们也可以彼此多了解孩子们。小孩子有时候是有浓厚的双重人格的，他们在家庭时一副面孔，在学校时又一副面孔。就比如说吧，小孩子因为利用学校和家庭间没有联系，便常常会做出一些不诚实的事情来，家长和老师都被蒙蔽着。所以今天我们大家不妨来谈谈关于小孩子诚实的问题……"

说到这里，我又面向着丁薇薇的母亲说："丁太太，关于这点，您有什么意见吗？"看起来，今天丁太太比我还要兴奋，她今天是第一次来参加母姐会，和其他的各位家长也是第一次见面。她听了我的话后，立刻很高兴地站起来，环视众人，并微笑地点点头，那样子就像她将有一大篇讲演似的。果然她说：

"林老师问我对于小孩子诚实有什么意见，我先不要谈什么意见，如果各位家长愿意听的话，我倒要把一段关于小女薇薇的故事讲给各位知道。"

她说到这里略一停顿，回过头来望了我一下，我和她互作会心的微笑，然后她接下去说："当一年以前……"

当一年以前，是的，我也记得那是一年以前……

"我不是对大家说过吗？写周记是要把这一星期中

你认为值得记住的一件事,诚实地写下来。有些同学,我一看就知道是在乱写,完全是胡说八道的事。也有的同学写的并不是什么值得记载的事情,总是写什么早上起来漱口、洗脸、吃点心、背书包上学,等等。这都是每天例行的事,还算是值得特别写下来的吗?"说到这儿,我便从桌上的一大叠周记本里,抽出了丁薇薇的,打开来接着向同学们说:"现在我选出一位同学周记写得最好的,念给同学们听:'星期二是我的九岁生日,使我最高兴的事是妈妈买了许多礼物给我——一个圆圆厚厚的小蛋糕,上面点了九支小红蜡烛,还有一套毛衣和一双皮鞋。当我放学回家一进门,妈妈就拿给我,我真是高兴死了!我吹蜡烛的时候,爸爸在我左边,妈妈在我右边,他们都帮着我吹,我过了一个快乐的生日。'"

"我再念另一天的,大家仔细听:'老师告诉我们,旅行是对身体有益的,我们星期日便到圆山动物园去旅行了——爸爸、妈妈和我。妈妈做了三份野餐,她真好,知道我爱吃蚵仔,便特别做了蚵仔炒蛋给我吃;爸爸爱吃馒头夹火腿,她也做了。我们看见了许多动物,妈妈一样样讲给我听。我最爱看那两头大象,用长鼻子摇来摇去找食物,我用花生喂象吃。我们一直玩到下午四时才回家。'"

"看,"我念完后,又很庄重地对同学们说:"一定要像这位同学一样,把有趣味的、有价值的事情,诚实地写下来。"

我一边说着,不由得眼睛朝丁薇薇望去,她受了夸奖,脸红了,害羞地低下头。她原是个乖巧的小女生。

从周记本里,可以很清楚地看出学生家庭的情形,他们都毫不隐瞒地写着。比如曾秀惠是养女,林一雄的爸爸是三轮车夫,胡慧的母亲替人烧饭做女工,都是我从周记本里知道的。班上的确有几个苦孩子,也很有几个幸福的孩子,丁薇薇便是幸福中的一个。尤其可以使别的孩子羡慕的,丁薇薇是独生女儿,她的母亲特别喜爱她,好像这位母亲是专为女儿而生存的。有一次薇薇在周记上便写着她因为生病请两天假,她的妈妈整天陪着她。"我的妈妈真好,我病了不肯吃药,妈妈便说,'我只有你这一个女儿,你如果病死了我要多伤心,乖乖吃药吧!'我便说:'那么我吃药可以,妈妈不许离开我一步。'妈妈说:'我不,我不,我一定不。'她便在床边陪了我两天两夜。给我唱歌讲故事。"她这么有趣地写着——要娇惯坏了!我每次看了薇薇的周记便不由得这么想，我认为有机会见到薇薇的母亲时，我一定要劝她不要太娇惯了孩子，尤其是独生孩子。……唉！这样真诚的母爱如果让曾秀惠分享一些，该多么好！我想起那失去母亲的小养女。

为了家长和学校间的联系，本校各班成立了母姐会，每个月一次座谈会，大家谈谈，交换交换意见。第一次的母姐会，我的班上出席的人便不够踊跃，没有见到薇薇的母亲，也很使我失望。但是在第二天薇薇交上来的周记本中，我便看见那理由了：

"妈妈突然病了，爸爸送她住到医院去，所以星期日的母姐会，妈妈不能参加。我不能去医院陪她，因为医院不许小孩进去。我很难过，我生病妈妈陪我，妈妈生病我却不能陪她。爸爸说妈妈很快就可以出院了，我也希望她赶快好。妈妈临去时吩咐我，要用功读书，没有妈妈管，也应当好好读书，我会听她的话的。"

为了表示我对这位好母亲的敬意，我在周记后面批了几个字："要永远记住母亲对你的爱。"

但是第二个月的母姐会，也还是没有见到薇薇的母亲，薇薇在她的周记上告诉了我：

"爸爸和妈妈结婚整整十年了，他们早就商量好结婚纪念日要到日月潭去旅行，因为我要上学，所以不能跟他们去。星期日的母姐会，妈妈又没有参加。"

我虽然一直没有机会认识薇薇的母亲，但是在她女儿的笔下，我早已如见其人，如闻其声。我一翻开薇薇的周记本，就像看见一幅"甜蜜的家庭"的绘画。这样快乐的家庭，我总要去拜访一次的，因为关于母姐会的事，校长对我不太满意，全校几十班母姐会的成绩，我这班是属于"糟透了"的一个。我不得不活动四肢了。

费了一个整整的星期天，我跑了几个向来不出席母姐会的学生家。我很高兴终于能访问到丁薇薇的家，更希望女主人此时正在家。开门的是女工，我问：

"丁太太在家吗？"

"丁太太？"女工瞪大了眼。

"这里不是姓丁吗？"我希望没有找错。

"只有丁先生在家。"

"那么……"我有些犹豫，但这时从屋里出来一个男人，他客气地问："我姓丁，你是找……"

"啊……我姓林，是丁薇薇的老师。"

"是林老师，啊……啊……"似乎不善言辞，但用手示意让着我。

屋里并没有我理想的那么整洁,是因为星期日女主人不在家的缘故吗?我随口又问:"薇薇没有在家吗?"

"她到姑母家去玩了。"

我知道这位姑母,薇薇除了好妈妈以外,还有个好姑母,她的周记上也偶尔提起过。丁先生打破主客间的沉默。他说:

"孩子没有母亲,我又没有时间管她,薇薇一定给老师添了不少麻烦吧?"

没有母亲?"啊……"我差点儿叫出来,"啊,不,不,薇薇是班上最乖的学生了。"

没有母亲?我再想一遍丁先生刚说过的话和薇薇的周记本……难道里面有什么差错?我不是跑到另一个姓丁的家里来了?我满心疑惑,便又问丁先生:

"丁薇薇是独生女儿吗?"

"是的,是的,如果孩子多一点,做母亲的也许不至于……咳,没有母亲,就只好拜托老师多管教了。"

又是没有母亲!"也许不至于"下面是什么呢?是死了?走了?病了?但是薇薇周记本上的,却是个活生生的母亲呀,上个星期还跟丁先生到日月潭度锡婚去了呢!

但无论这里面有什么蹊跷,我总应当说个来拜访的理由的,只是我却不便说明我是来请女主人去参加下次的母姐会了,因为我不愿显得我糊涂得这样不清楚学生的家庭。我随便讲了一些关于薇薇在学校时的无关紧要的小毛病,希望家长也要随时注意等话。

当我起身告辞时,忽然想起薇薇的周记本,为了不忍心揭发它,于是我说:"丁先生,请不必对薇薇说我今天来过府上的事。"

从丁家出来的路上,我一直为这事困扰,我想不出薇薇的母亲到底是怎么回事,周记本又是怎么回事。我忽然想起去年毕业的我的一个学生刘海峰,他好像和薇薇是亲戚,海峰的母亲我也曾见过几次。

好奇心使我忘记一整天奔跑的疲劳,我没有回校,便又到刘家去,因为我可以借着看看海峰进入中学后的情形,探听一下薇薇的家庭。所以当我见着刘氏夫妇后,说过海峰的情形,我便把话锋转了,我说:

"我刚从丁薇薇的家里来。"

"啊,可怜的薇薇!"刘太太叹息着。

我怎么诱发刘太太说出薇薇家的情形才合适呢?我略一思索便说:

"是呀，薇薇没有在家，她爸爸一个人在家，那样子怪无聊的。"

刘太太不住地摇着头说："胡慧英实在太倔强了，结婚十年了，说走就走，还是一去不回头。"她又问她的丈夫，"慧英走了快一年了吧？"

这个叫胡慧英的女人，当然是薇薇的母亲了，那么她没有死——像我所想象的；也没有在家——像薇薇所写的。她只是走了，一个结婚已经十年的倔强的女人，扔下亲生的女儿，一去就不回头，只是如此而已。惭愧！我一直到今天才知道薇薇的家庭情况，那不怪我，只怪那活跃在周记本上的母亲，是如此真切！

"现在薇薇的母亲呢？她在哪儿？"我试探着问。

"她一个人住在女青年会，自食其力固然可贵，但是这样的日子过到何时为止呢？"

"那么！那位丁先生呢？"

"和慧英正是倔强的一对儿，谁都不肯向谁低头。"刘太太耸着肩说。

回到宿舍里，我激动得难以入眠，不由得又把薇薇的周记本翻开来读。我一边读，一边想，想到那间空洞的房间里，一灯昏黄下，坐着一个伏案执笔的小女孩，她正以全力写一部美丽的谎言，真是一个小小的了不起的女作家！她创造了一个快乐的王国——家庭，她是那国中幸福的小公主。我仿佛听见小公主的心声了：她低声轻唤着母亲，母亲便像女神一样地姗姗而来……这是一本最美丽的创作，丁薇薇是作者，我是读者。无论是当她写着，或是我读着，我们的眼前都会呈现一幅美丽的图画——就是我管它叫做"甜蜜的家庭"的那幅图画。

我也想起了贝多芬在他的母亲死去后所说的两句话：

"啊！当我能叫出母亲这甜蜜的名字，而她能听到的时候，谁又比我更幸福？"

住在女青年会的那个倔强的女人，她在冥冥中，难道听不到那小公主的心声吗？如果她真听不见的话，我怎么使她听到？

终于有一天，我坐在女青年会的会客室里，面对着这个倔强的女人了。我的来临，当然使她略感惊异，我说：

"我是丁薇薇的老师。丁……不，胡女士。"

"啊，我希望不是薇薇给你添了麻烦。"

我想起那天会见薇薇的爸爸，跟我说的第一句话，两个人倒是一样的口气。我连忙说："不，不是，薇薇是个好学生，只是——"

"如果有什么事，你尽可以去找她的爸爸，我们的事你当然知道。"她爽急的说话态度，倒是合乎她离开家庭的作风。

"是的，我知道一些，不过我以为也许有些事情，更需要母亲的……"

"啊，那倒不一定。薇薇的父亲是很疼爱薇薇的，他都可以办得到，你只管去找他。"她不听我说完，也不知道我要说什么，她说话只管抢上风，我想当他们夫妻吵嘴的时候，针锋相对，她不会输给他的。

"你要薇薇的地址吗？"

"不，不要，我并不要找薇薇的爸爸，他们的地址我也知道，你听我说。"我也不得不带着强迫的口气，否则她又要截住我的话了。我一边说着，便从手提包里拿出薇薇一年来的周记本，把它放到她的面前。

"我只是请你看看这个，并且希望知道你的观感。"

"周——记——本？"她怀疑地慢慢念着。

"你一定要仔细地、忍耐地逐页看下去。错字有不少，故事却有趣！"

我不知道当这位倔强的女人读着她女儿的创作，脸上起了什么样的变化，因为随着她翻开第一页，我就站

起身走到窗前去。我看窗外蓝天如洗，心中也平静得无所思念。这样一直不知待了多久，我才回过身来。

周记本该是早被看完了，她一手支颐正沉思着，直到我走近她跟前，她才惊醒般抬头走来。我不会形容那脸，说它变成什么颜色或什么样子了；在她握住我的手时，我只感觉她手掌汗热，她激动地说：

"我竟不知道我的小女儿是这样的……"

"是这样的不诚实！"这回我抢着说。

"啊，不！是这样地需要她的母亲。"

我的手被紧握着……

……我的手被紧握着，并被拉到讲台前来。

"……我竟不知道一个小孩子是这样地需要她的母亲，需要一个完整的家庭！这便是小女薇薇的一段不诚实的故事。同时……"丁太太说到这里，又侧过头去，我随着也转过头去看，啊，站在教室窗外的，是薇薇和她的爸爸，正向我点头微笑。

"同时，我们还要感谢林老师这次的……"

"啊，不，不，不，我只是……"

我只是更结巴了。

没关系,
三块钱也不少呀,
够一天的菜钱哪!

母亲是个好榜样

下午五点钟正是大吉祥上座的时候,它沾了对面是大世界电影院的光。当第三场的观众出来了,第四场的还没进去时,大吉祥便在这人潮的一涌一退之间热闹起来了。

"四喜汤团一客!"

"排骨面一客!"

随着茶房的喊声,这间细长的小吃店开始拥挤。散场的客人涌进,赶场的客人挤出,茶房托着菜盘,不得不高高地举过客人的头顶穿梭而行。这时,大家显得特别匆忙,每个人都在为争取时间发脾气,客人怕赶不上电影,茶房怕赶不上客人。

擦皮鞋的孩子们,也偏爱在这时候跟着捣乱!

"小鬼!"王泰的屁股挨了一脚,是被茶房踢的客人嫌茶房上菜太慢，茶房嫌王泰蹲在这里挡路。王泰没办法，只好再向桌边挪挪，吃着烫嘴的汤团的客人又瞪大了眼睛骂：

"告诉你不要擦嘛！"

旁边这位胖太太也皱着眉头跟一句："讨厌！"

好在王泰已经习惯这些了，他再向里面挤挤，走到另一张桌前蹲下去，从前他还仔细看看客人的皮鞋是否需要擦，现在他不管这些了，握住客人的皮鞋便问："擦皮鞋吗？"擦鞋小孩所以惹人讨厌就是这样。但是在这短短的上座时间，为了争取时间——干脆说为了争取一块钱的生意，他就不能不这么讨人嫌。

但究竟还是可以碰到找上门的买卖，在屋角桌旁，王泰遇到了他的老主顾。

"小鬼，过来！"客人从桌下伸出脚来，王泰看见是报馆记者林先生带着他的女朋友。

于是王泰便像条小狗一样，乖乖地蹲到桌子下面去，打开擦鞋箱，熟练地上油，擀光，嗦嗦地工作起来。

桌上面的客人正以一种欣赏的心情吃着那碗排骨面，啧啧的咬排骨声，呼噜呼噜的吸食面条声，王泰虽在桌下，也能领略到，或者可以说，想象得到那食物的美味。

五点钟了,人人的肚子都会叫饿的,王泰并不例外。他放学赶着回家换了衣服,背上擦鞋箱便往外跑,母亲虽每次都说:"烫碗饭吃再走吧!"但是王泰总不愿错过两场电影中间的好生意,所以他宁可饿着肚子。人总不愧是可锻炼的动物,饿惯了也就不觉得怎么样了。

要知道,王泰是个不幸的孩子——床上躺着久病的爸爸,妈妈替人缝补收入有限。王泰也是个好孩子,擦五双,交给妈妈五块,擦十双,交给妈妈十块。但是他可从未擦过十双鞋呀!因为他必须得早回去,还得做功课呢!他也不能像别的擦鞋小孩,挣来的钱全都随手花掉,去吃担仔面呀,赌骰子呀,看电影呀。王泰连五毛钱一碗的红豆汤都舍不得吃。比如说,他现在就够饿的了!

桌上一块吃剩下的排骨掉下来了,正落在王泰的脚旁,他好玩地用脚把排骨踢了个翻身,"上面还有肉呢!"他心想着再把排骨踢出去,正好被跑进来觅食的小狗叼走了。

小姐吃得很热了吧,她把大衣脱下来,搭在椅背上,跟着滑下来一点儿什么,又是骨头?王泰伸出脚又要踢时才发现,他的心跳了,那是一叠——啊,钞票!他立刻一脚给踩住了,然后很快地想,下一步该怎么办?任何人这时都不免要犹豫一下吧?在这世界上,人们所最需要的而最缺少的都是它!对于一个擦鞋的小孩的家庭环境来说,王泰脚下所踩住的,一定可以派许多用场。不过我说过,王泰是个好孩子,好孩子是要包括许多方面的,王泰虽有急智把那钞票踩在脚下,却没勇气决定它的去留,所以他竟停住了工作在犹豫。

但是,似乎来不及给他更长的时间考虑了,当他停止了擦擦搌搌的时候,林先生已经把脚缩回去,同时扔给他一块钱,然后搂着女朋友飘然而去。

王泰愣了一刹那,终于挪开了脚,迅速地拾起钞票来放进裤袋里,他出了大吉祥,朝着回家的路上走,在无人的墙角旁,他的心怦怦地跳着掏出钱来数,整整一百块!"怎么不可以呢,又不是偷来的!"他持着这唯一的理由安慰自己。

一百块!要刷一百双鞋!他要工作二十天才能赚来,下星期就要考试了,他可以把钱交给妈妈,借此休息几天。妈妈不会责备他的,捡来的嘛,并不是偷来的呀!而且妈妈可以给爸爸买只鸡吃,或者再买盒药针也足够了,还可以……有许多用处,有许多许多用处……

钞票被王泰捏暖和了，不知什么时候走到了家。

对于王泰的早归，母亲从没有表示惊奇，早早晚晚原是常有的事。倒是王泰自己像是做了什么亏心事似的，溜进了小屋，坐在桌前直盘算，怎么向母亲说明这一百块的来历呢？母亲虽然不会责备他，也得信任他才行。"捡来的？"母亲看到了会又惊又喜吗？

一直到吃过晚饭，王泰还在饭桌前愣着，看母亲收拾了碗筷，厨房里响起了洗碗盘的声音，他都没有遇到一个更合适的机会把钱交给母亲。这也得要勇气的吗？他站起来走向厨房去。

他的双手插在裤袋里，左手握着厚厚的一百块，右手握着软软的三张一块钱的烂票子。站在母亲的面前，他先把三张烂票子掏出来：

"妈，给您。"

做为一个母亲的这个中年妇人，对于孩子每天在半工半读之下所赚来的钱，未尝不感觉到无限的辛酸，可是她从来没有把这种意念表现出来，她总是很愉快，也很受之无愧的样子把钱接过来。这种时代，这种生活，这种家庭，她知道该使孩子受到一些什么样的训练。

"妈，"王泰预备要伸出握住一百块的左手了。

"没关系,三块钱也不少呀,够一天的菜钱哪!"母亲用安慰的口吻说。"我知道你要考试了早回来,快去念书吧!"

这样,王泰似乎没有机会拿出来了,他只好怏怏地离开厨房去准备做功课了。

在不知过了多久的时候,院子里忽然起了一阵骚动,劈劈啪啪,是院子里煤筐之类被碰翻倒的声音,母亲和同院住的张大婶在嘻嘻哈哈地追赶着什么。

"捉住了,捉住了!"是母亲的声音。

"是哪家飞来的大母鸡啊!"

接着是母亲和张大婶在讨论是谁家的鸡,怎么会飞过来的,最后母亲判断是红砖墙邻家的。

"我来帮你现在就把它宰了。"张大婶说。

"啊,怎么可以,是人家的鸡啊!"母亲好像很惊奇于张大婶的话。

"怎么不可以,又不是偷来的!"

又不是偷来的!张大婶这句话触动了王泰,他不由得走到窗前向外望去,妈妈手中正提着那只大母鸡,不住地摇头。

"宰了给你们王先生补补也是好的呀!人家也不

知道。"

对于张大婶的怂恿，母亲似乎一点儿都未为之动心，她一边向外走一边对张大婶说："这样宰了吃的话，虽然不是偷来的，又和偷来的有什么两样呢！"

看着母亲的背影从街门外消失，王泰的左手从裤袋里伸出来，他忽然觉得，裤袋里的一百块钱压在他的大腿上，是这么沉重，如果不想办法处置，今晚能安心地做功课吗？

他回到桌前坐下，拿起笔来下意识地在练习簿上写了许多一百的阿拉伯数字，又在每个圈圈里写了一个"偷"字。偷，偷，偷，母亲刚说的，不是偷来的，又和偷来的有什么两样！

他觉得很后悔，也觉得很侥幸，如果他刚才把钱拿出来，母亲该怎么说！

母亲回来了，看她进屋来掸掸身上的土，好像轻松极了，这倒使王泰更觉得沉重了，他的左裤袋好像被几百斤重的东西坠着，非立刻摆脱掉不可。

他看看桌上的小闹钟刚刚六点半，离散场还有半小时，他可以赶得上，赶得上去找到林先生和他的女朋友。把功课收拾好，王泰又背起擦鞋箱。母亲看儿子向外走，不由得在后面喊:"我不是跟你说三块钱没关系,也够一天的菜钱了吗?"

但是王泰已经跑远了。

我们知道,

我看她面熟,

她姓?

地坛乐园

城之南有天坛,每年冬至皇帝在那里祭天;城之北有地坛,每年夏至皇帝在那里祭地。天坛内又有祈年殿,是为了祈祷丰年。在皇帝的时代,这是重要的祭祀,被称为"国之大典"。民间也分别做了馄饨和面食奉献,所谓"冬至馄饨,夏至面"的俗语,也许是缘于此。

逛天坛的时候,看那片广大的地方上,用白石和琉璃所建造的坛殿,不禁有思古之幽情,想象着皇帝率领群臣向天遥祭,感谢大自然对他的国家的赐予——风调雨顺,五谷丰收。

天坛因为有个瑰伟的祈年殿的建筑,所以它更有名,它的图片被印在明信片上、观光册上,传到全世界去。地坛不然了,它虽是古迹,却没有被列入到北平观光的日程表上,它静静地处在北郊外,不为外人所知。

不知道何年何月,地坛被列为市民公园,又不知道何年何月,那一个广大的处所,被用来作为收容许多不能面对现实的人的地方——疯人院。

青年会举办了一次参观团,列了几个地方,像帅府园协和医院,北海北京图书馆,地坛疯人院。我选择了最后一个参加。事先我什么都没想到,只是为了满足我的好奇心,因为地坛我没去过,也不知道把疯人放在一起是个什么样子。、

我们一行人包了一辆公共汽车,从青年会往北开,直奔东四,经过北新桥、交道口,出安定门,过了环城铁道,再不远,就到了那块地方。

下了车,我忽然有点害怕了。疯子,不是被人类远离的人类吗?

他们失去理智了,所以他们不能和我们有理智的人共处,因此才被送到这地方来,然而我们的理智又健全到什么程度呢?

院里的职员已在门口迎接我们了,我们又分成数个小组,带领我们这组的姓李,我们叫他李管理员。李管理员亲切而和蔼,他很年轻,架着近视眼镜,仿佛是一个刚从高中毕业出来的学生。多幻想的我,又在猜测了。

我想李管理员也许是一个像我一样好奇的青年，他选择这份职业，被派到这隐藏在北郊外的地方来工作，而工作的对象，又是管理一群丧失理智的人，一定有他自己的道理，他是为探求些什么而来的，也许他要写一部以疯子为主题的小说，搜集材料来了！

分组完成以后，李管理员就对我们这组的十几个人说：

"好，我们各组分别行动吧！诸位随我来。"

好了，我们要一起去看疯子了！

这处古迹原是个祭坛，所以虽然有广大的地方，并没有什么建筑，有些地方是白石板路，石隙里长出了小野草，有些地方是一片草地，或是一片树木。走了几段路，我们还没有到关疯子的地方呢。李管理员说，这里的疯子是男女分开的，两处有一段遥远的距离。我们这组先去看女性的，所以走呀走的，也走不到女性的范围里。

一路上偶然见到有些工人在运送东西，除此以外，我们就如在小说所描写的一座废园里行走着似的。古木参天，蝉声拉长了它们午后的单调的叫唤。转过一道古老的墙壁，我们仿佛又进了另一个荒园，眼前是一片蔓草，什么都没有了。不，我们看见有个人影。他是一个老头儿，穿着一身粗布裤褂，很悠闲地在走动，我们渐渐走近他，他也看见我们了，很高兴地向我们点头招呼。

再走近他，我们又发现，在他身旁不远的草地上，原来还有几只小羊在吃草。老头儿手里拿着一根类似手杖的棍子。他看我们从他身边走过，很和气地笑笑，并且嘴里仿佛还说着"来啦""好哇"这类问候的话。

我们走过去，又都回过头去看，是看他的小羊。我们想，像这样小小的羊，大概还不能挤出羊奶吧。因为我们认为老头儿是院里的老工人，他是在管理院里饲养的羊，而这些羊是为的挤羊奶给病人——也就是疯子——所饮的营养品。

老头儿看我们在回头看他，他仿佛很高兴，又向我们微笑点头。无论如何，这样空旷的地方，面对的又都是些疯子，该够寂寞的，所以外界一有人来，他们都会特别热情地招呼客人，老头儿是这样，李管理员不也是这样吗？我是这样地想。

转过了这片草地，忽然有人向李管理员发问：

"贵院养了多少只羊？"

"嗯？"李管理员仿佛没听懂。

问的人又问了一遍，并且指指我们刚走过来的那道

墙外。

"啊——"李管理员明白了,他说,"那是他自己的羊!"

"自己的羊?"这回是我们不懂了。

"是的,他自己的羊。"他说完就停了下来,"刘先生是这里的病人。"

"病人?您的意思是——"

"是,是的。"李管理员并没说是什么,他仿佛不愿意说出"疯子"这两个字,也许那是这里的规矩。但是我们却不禁惊疑地嘴里念叨着:"是疯子?"而且不由得停了下来,好像想再回去看看他。

"这么一位和蔼可亲的疯子?"有人说。

李管理员见我们对老头儿产生兴趣,便微笑地对我们说:

"诸位也许知道,刘老先生的儿子就是著名的内科刘大夫,在东城八面槽开业的。"

"啊,他是刘大夫的父亲?"

刘大夫的大名我也听过,他是留德医生,而且刘大夫的太太好像也是一位医生。

"是的,"李管理员说,"老先生住在我们院里有三年了。"

"看起来他是很好的样子。"

"早就好了。"

"那么他为什么还不出院？"

李管理员笑了笑，低下头来在想怎么答复这个问题吧！他终于说了："也许这里能使他得到更安心的生活。"

"那么他是怎么疯的呢？疯了多久呢？"

我们这时都围着李管理员，站在白石板地上谈着，好像这件事不问清楚，是不打算前进似的。

"他疯得很单纯，"李管理员向我们讲述，"刘老先生是一直在农村生活的，可以说，他是个十足的乡下人。他的儿子留学归来，夫妇在北平开业行医，情形很好，当然就想到把老父亲接来北平过好日子。因为他在乡下已经没有亲人了，你们可以想象，医生的家庭总是极高尚的。"

这时有人打岔说："当然不错，我去看过病，刘大夫不但医道好，气质也高，他们的经济环境是相当好的。孩子们都念教会学校，虽然很洋派，但是看起来那是一个融洽的家庭，怎么会有一个疯爸爸呢？"

"他就是因为这些才疯的。想不到吧？"管理员说，

"他过了一生的农村生活,到老来忽然要他改变一种生活,他就不能忍受了。"

"但是正是儿子的孝心,才接他出来的呀!"

"可是他失去了农村生活,就等于失去了一切。光滑的洗澡间,不能代替他一生在后院里的打上打下的那口井。他不要耀眼的电灯,因为他老早就睡了。他看那头老驴慢慢地推磨,比看街上的汽车更习惯。"

"这么一说,他得的是怀乡病了?为什么不把他送回古老的农村,去度那余年呢?"

"孝顺的儿子,怎么能把一个孤单的疯爸爸送回家乡呢?他在这里住不是很好吗?"

"他完全好了吗?"

"可以说是差不多完全好了。"

"怎么治好的呢?"

"恢复他以前的生活。"李管理员耸耸肩说。

"恢复他以前的生活?"我们不知怎么个恢复法,他并没有被送回家乡啊!

"所以,他饲养了几只羊啊!他领着一群动物,沐浴在大自然之下,看着羊吃草,他就安心了。虽然他儿子家是精致的洋房,孙儿的洋书念得很棒,但并不能代替他的几只羊。"

"既然好了,他的儿子可以把他接回去了?"

"他不要回去。"

"他宁可放羊?"

"正是这样。"

"这真是一个不会享福的老头儿!"听了李管理员的话,有人感叹了。

"我们应当说,他很会享福。福是什么?平安即是福。诸位刚才所见到的,不是一位安静祥和的老头儿吗?"

的确不错,老头儿有一把白胡子了,笑容从他那带胡须的嘴角上透露出来,是多么地自然而安详啊!但不知他疯得最厉害的时候,到了什么程度?有人又以这个问题去问李管理员。

这时我们走到一处地方,看见一排房子,忽然听见有嘭嘭的声音从这排房子里发出来。

"疯得最厉害的时候嘛,"李管理员边说着,边带领我们到房子前面来。啊,房里有人,嘭嘭的声音之外,又加上尖锐的叫声。"那,就像这。"

我们了解了,这是关闭恶性疯子的地方,门锁上的,还有一些安全的设备。她们分别被关在各个房间里。而那位安详的刘老先生,就曾这样被锁在里面过,当然也曾在这里又打又闹的。

李管理员告诉我们说,冷水浴是使那恶性疯子安静下来的方法之一,还有就是注射,可以使她们睡眠。刘老先生最初都曾被这样治疗过的。

"刘老先生的家人常来看他吗?"

"他们常来的。"

"来了怎么样呢?"

"来了很好,其实他们始终也没有不好过,刚才不是哪位先生讲过,他的儿孙都是非常高尚的吗?他的儿子或媳妇来了,并不说接他回去的话,也不用给他送什么贵重的东西,只要把住院治疗费送给医院就好了。"

"难道他将来就这样永远待在疯人院里放羊啦?"李管理员笑笑没有回答,谁能回答"将来"和"永远"的问题呢?我们从关闭恶性疯子的这部分张望进去,她们有的在沉睡,有的在大打大闹。我们不能进入里面,也不敢进去,那景象准是怪怕人的,听听就够了,怎么敢去接触她们呢?

想一想,安详放羊的刘老头儿,就曾经像她们一样的情形，我真是佩服医学的进步，在我们的记忆中，当没有医学治疗的时候，疯子不是任他在街上乱跑一辈子，就是被家人锁在一间特殊的房间里一辈子吗？好像很少听说有几个疯子是不治而愈的。

李管理员给我们讲解了一些恶性疯子治疗的过程，所谓恶性，也就是我们一般人所谓的"武疯"。她们是会动手打人或者是摔毁东西，在外人看起来比较可怕，但实际上却也不一定是最难治疗的。

从这儿再向里面走，是到另一部分去，这部分人数很多，她们是轻微的，或是已经治疗有进步的不必关闭。

这时天不太热了，是夕阳西下的时分。当我们转进一个大院落的时候，一下子就看见许多女人在院子里，我们止步不敢向前了，李管理员向我们微笑说："走过去，不要紧，她们不会伤害人的。"

那么，我们就直盯着那些女人向她们走近了。虽然说她们不会伤害人，但是我们也还是保持着一种随时向后跑的准备，仿佛她们之中的哪一个会不经意地向你抓一把似的。

她们待在院子里，有坐的，有站的，有散步的，还有在聊天的。远远看起来，那副景象并不可怕，那么我们为什么不敢走近她们呢？她们都是轻微的病人，也许我们还可以跟她们谈谈呢！

　　好像她们并不太注意我们这十几个人的来临，虽然我们走近她们了，但是她们视若无睹，似乎没有什么感觉。有一个待在院角的女人，是我们第一个接触到的，她竟向我们微笑不语，神情虽然不同常人，但是却使我们很安心，可见她对陌生的人并不敌视，疯子不都是对这世界有所敌视吗？这就是她已经好起来的证明吧！

　　再向里走，我们已经进入她们的群中了，所以在我的前后左右都是她们的人。但是我也无所惧了，我竟停站在那里，我不想走马观花似的，只从她们身边擦身而过，我很想使我的眼睛、耳朵，多停留在她们中一会儿。

　　首先，我的眼睛就落在两个女人身上，她们俩在指手画脚地交谈，似乎谈得很融洽。她们在谈什么呢？我的好奇心引致我向前走了几步，挨近她们。等我再度停下来的时候，忽然想，不妥当！如果想偷听她们交谈的内容，我就得直愣愣地站在她们身旁，那样她们会停止交谈的。于是我从皮包里掏出来那本一进门就分给参观者的小册子。我翻来翻去，表示我在注意的是我手中的东西，而不是她们，我只是偶然站在这里罢了。

这两位疯子,并不理会我的来临,仍然在相对着指手画脚地说。她们俩,一个梳着一条大辫子,一个短发齐耳,是两种类型的人物,也就是说,一个像是小住家的大姑娘,一个像是高中女学生,只是她们的年龄差不了多少。

梳辫子的大姑娘说:

"……早知道你到底来了,我就跟了你去了……"

短发少女说:

"……这不是很简单么?走了就算了。"

初听来她们所谈的像是一件事情,我再仔细听她们对话下去:

"你别走,还有五天,不,六天了……"

"我把它夹在一本书里,你翻翻……"

"是大嫂子叫你走的,我早就知道了……"

"任何时候,任何地方……"

"早就知道你来了,别走,别走呀……"

"就在那本书里,你翻翻,再往下翻翻……"

听来听去,我才发现,我没听出头绪,原来两个人虽然是对谈的姿势,但是各有各的对象,所谈的内容是各不相干的!辫子姑娘忽然笑说:

"放个屁给你吃！"然后还用手捂着嘴，斜睨着短发少女，害羞的样子。而短发少女并没理会对方说了什么话，有的是什么表情，她却一直无表情地说着：

"你再翻下去，翻下去，翻下……"

如果那是两个正常人的说话和表情，就会引起我的大笑了，但是这时你却哭笑不得。

我不由得抬眼向其他的人望去，发现对谈的人并不少，还有的是三个人在一起谈的。我相信，如果我走到其他那些人身旁去听，一定也是一样的，所答非所问。但是我看这些人虽然自说自话，却是很悠闲和轻松的样子。想一想，如果处在我们有理智的人群里，她们的谈话就要受约束了，谁会像她们现在的对方一样，肯于倾听并且交谈呢？这样看来，她们生活在这里，也许比回到所谓正常的人群和社会里去，不见得更不适宜吧！而且，什么算是正常的？她们现在所说的，也正就是她们心里所想的。而我们是不是也曾想说一些像她们所说的话，可是压抑着不说出来呢？她们不再受压抑了，反被认为是疯子。疯子，真是奇妙的人类哩！

我边想着，边走出了她们的群中，因为同行的人早已经跟着李管理员到后面去了。

后面一些房屋都是她们住的地方，屋里大部分是空的，因为她们都在院子里"散心"。但是仍有一些还在屋里的，我们从门口张望进去，有的面对着墙在睡觉，有的坐在床上发呆，看见我们并不招呼。我感觉所有在这里的人，对于我们的来临，都是视若无睹的样子，既不惊也不奇。

她们的宿舍，倒是整理得非常清洁，屋内的设备很简单，几乎除了睡床之外，就没有别的东西了。

李管理员热心地给我们一一讲解，只要我们发出问题来。我最初以为他所以到老远的这特殊的地方来工作，一定是为了像我一样的好奇，也许他是一位从事写作的人，想来搜集材料，并且真正地体验和观察这种生活。但是现在我改变了我最初的想法，我现在想，他是有一种宗教般的热诚，愿意为这些被"正常"社会所抛弃的"不正常"的人来服务的。

女子部分，就这样看得差不多了，我随着大家向外走，几乎是走在最后的，忽然，有人在叫：

"喂！三姑！"

我们走在后面的几个参观者，不由得停住脚回过头去看，是有一位女太太向我们扬手打招呼。我们不得不停下了,因为她那样子确是向着我们的。

这位少妇笑容可掬地走向我们。我们几个不由得互相望了望,想知道是谁认识她,但是我们疑惑地互望了一下,无疑的,似乎我们这几个人中,并没有人认识她。也许她所呼唤的是已经走到前面去的参观者,于是我就向前面张望着,想怎样叫住前面的人,但是我又不知道谁是她所谓的"三姑"。

正在这时候,我的肩头忽然被拍了一下,我转回过头来一看,哟!正是这位笑容可掬的少妇!我这一吓,魂都要飞了,她是个疯子啊!我"呀"了一声,不知所措。

"三姑,你这就走啦?"

三姑竟是我!我能不承认吗?于是我苦笑着说:

"是……的,我要走了!"

"孩子们好吧?"

"好,挺好。"我这样答复了以后,忽然又有所悟,我又加上一句:

"你放心好了!"

她听了以后,笑得更温柔了。她忽然又拉着我的手,用力地捏着,从她的脸上看并没有表现她的用力,真像是一只鬼手,只要轻轻一捏,就是紧紧的。我有点恐惧,

但又不敢缩回我的手,只好任她紧捏着。她说:

"三姑,孩子全仗您啦!上学让他们多穿着点儿,说话就秋凉啦!"

"嗳,您放心好了。"我只好又叫她放心。

这时,同行的几个看我们俩在闲话家常,以为我们还要说下去,她们竟要离开我,去赶上前面的队伍。我急了,哀求说:

"行行好啦,你们等等我,行不行?"

少妇总算放开了我的汗手,我如释重负,连忙向她点头微笑说:

"再见,我走了。"

说着,我就向前走,她也点点头,真像是送三姑回家,左嘱咐右嘱咐的,她又说:

"慢走啊!"

我再回头向她点点头。当我向前走了几步,又听她在背后轻喊着:

"别忘了,孩子上学可得吃饱了去呀!让他们甭惦记我,就说我在这儿挺好!挺好!"

我再度回过头去,向她微笑点头,表示我的答允,她对我是多么地盼切啊!

转过墙外时,我不由得按住我的心口向同行的人说:

"吓死我了!"

"怎么?"大家都不懂。

"我并不认识她。"

大家向我惊疑地看着:

"我们真以为你就是三姑哪!"

"也许我很像她家的三姑,而且我想三姑是她所信任的人。我很高兴,事实上,我也是一个可信任的人。"

我解嘲地讲讲笑话,以解除我方才受的一些惊吓。

"那么,三姑,咱们赶紧吧,要找不到李管理员他们了。"

她们竟拿我开起玩笑来了。

我们在围墙外和大队的人会合了,原来另一组的人也来到这里,大家就在这儿交谈所见所感,等待零星落后的人赶来集合。

我们来到以后,我和三姑的故事,马上被同伴讲给李管理员以及大家听了。李管理员听后想了想说:

"噢,我知道了,那位是邓太太。她所指的孩子就是她的孩子。"

"她懂得关心她的孩子吗?"有人问。

"当然,大部分女病人,虽然神志不清楚,但是疼爱孩子,却是与生俱来的女人的天性。有没有看见一个带孩子同住的女病人?"

参观者大都没有看见。李管理员便告诉我们,大概我们参观的时候,她正带着孩子在睡觉。这位女疯子在授乳时期忽然疯了,被家人送到这里来,本来不许可带孩子的,但是经过医生的检查和治疗一段时期后,发现她虽丧失理智,但是有特别强烈的母爱,试着把孩子带在一起,她的病就好得多。于是经过特别许可,她是可以带孩子的。

"那么孩子不会被那些别的疯子吓着吗?同时,这难道不影响孩子的身心?"

"她的孩子还很小很小,只有五六个月的光景,同时她离出院已经不远了,还不至于影响什么。"

"那么这位邓太太呢?我看她也是很清楚的样子——除了把我认做三姑。"我这么一说,大家都笑了。李管理员说:

"邓太太的情形又不同些,她是一个北方旧家庭的媳妇,上有公婆,下有大姑子、小姑子,她就是由于太受旧家庭的压制,所以精神崩溃了。她的丈夫处在这大家庭里也没有办法,甚至要求把他的妻子留在院里一个较长的时期,因为他说,她如果再回到这个家庭来,家人仍然不改变对她的态度,她会再度发疯的。好在她的孩子倒受了大家庭的好处,有的是人照顾。邓太太刚才叫您三姑,那位三姑就是邓家最厉害的一位姑子哪!"

李管理员说得大家都看着我笑了。想一想,可不是,她刚才对"三姑"的态度几乎是谄媚的哀求,而当她用力捏着"三姑"的手时,她心中或许是恨吧?在上一代的北方的旧家庭里,是有多少这样被压抑的女性啊!

现在,我们这两队又要分别到不同的方向继续参观了。另一组中,有两个我的同学,她们把我拖过去,要我参加她们的一组,这样换组好在也没什么关系,我便改随着王股长带领的这一组了。我们继续参观的是饭厅、工作室。这里对于孤苦的疯病人,也教她们一些技艺,有时院里的工作,也由轻病人来做。

参观的时候,我们遇见了一位穿着白外套的女职员。看见她,我心里惊叫了一声,啊?我认识的!不,我只是知道她,她不也是个疯子吗?不不,决不是,一定是我认错了人了!

可是她的侧面曾给我一个很深刻的印象,她不过是

一个很普通的面型，却有一个特别美的侧面，而且在左颊上有一小块指甲大的棕色的痣，那么不是她又是谁呢？我忘记她的名字，只记得人家背后叫她"大项"，是因为她姓项，个子不高，是大学毕业生，原来是在教书。

她现在穿着白外套，好像是属于卫生方面的职员，真是奇怪，我心里纳闷这是怎么一回事。她并没有向我们招呼，因为她也像是到这部分来办事的，并不负责招待我们，所以当她和我们这群人擦身而过的时候，只是以和蔼的眼光向我们表示招呼的意思。

好奇心驱使着我一直都回头看着她，直到她的身影消失在门边。

等到她走过去一会儿以后，我听见我们这群人里竟也有人在轻轻地说："咦，她不是大项吗？"我便走过去和那位也认识她的参观者说：

"您也认识她吗？我也认识她的，但是我又不敢确认。"

"是的，我想起来了，我是听说她在这里。"

"您的意思是说，听说她在这里做事吗？"

"不是，不是，是说她被送到这里养病。"

"是嘛！这是怎么回事呢？"

"我听说她在这里,是——让我想一想,"这位先生认真地在想,"有两年喽!"

"两年啦?"我觉得很惊奇,日子真的过得这么快吗?我记得她那副样子——

在她正常的时候,我并不知道她,我看见她时,她已经不成样子了!

在印象中,是有一次我到平安电影院看电影,这家位于东长安街的电影院并不顶大,但是外国人都喜欢到这里看电影。到了假日,高大的意大利水兵偕着中国某一类的女人游荡在东单王府井一带。而某一天大项便出现在一个意大利水兵的臂弯里!是在散场时,我看见她的,我的同伴认识她,但是看见她这样就不敢向她打招呼,只是偷偷地对我说:

"看见吗?怎么会这样啦!"

我不明所以,便问我的同伴:"她是谁?"

"我们同校不同系毕业的。怪不得,我听说她最近因为失恋,神经不正常了,没想到不正常到这种地步!"

她陪着那意大利水兵,穿着不但不漂亮,而且显得有些邋遢,虽然那些陪伴意大利水兵的女性并不高明,但是也没有像这样类型的,她们都是打扮得很妖艳的。

所以她这时的样子，反而被人所注目了。

　　过后，我又渐渐知道她失恋的故事，其实那是很简单的，她不过是被一个男人遗弃就是了。那男的也是个大学生，两人好得已经论嫁娶了，甚至于他们俩已经有超友谊关系了，结果她竟忽然被遗弃，于是神经病就发作了。

　　以后，我在许多地方曾看见她，我也听到更多关于她发疯以后的情形。

　　我记得有一次是冬天，在青年会溜冰场溜冰后便到青年会的浴室去洗澡。忽然听到有一间浴室里发出唱歌的声音，我心想是什么人这么放肆？一个女性怎么好在公共的浴室里这么唱歌呢？等到我洗好出来了，那歌声还没断，而且还是越唱越高兴。我想这一定不是一个平凡的女人了。果然在外间存衣室里的那位女管理员，皱着眉头，向我们无可奈何地苦笑，并且指着墙上挂的衣服说："你们看她穿了多少件大衣！"

　　"是谁？"

　　"大项嘛！"

　　墙上挂了两件大衣，一件是春季夹大衣，一件是冬季驼毛大衣，另外还有毛衣等。这就是说，她对于衣着的处理能力都失去了。正在这时,她忽然在里面叫女管理员进去一下。那位女管理员是个脾气很好的北京姑娘,按说她不可以随便在浴室里叫女管理员的,人家没有义务听你支使,但是她还是答应她进去了。这时浴室里听不见歌声了,只听见她们在里面谈话,然后大项哈哈大笑起来。

和我同去的朋友说:"你看她倒过得挺开心,又唱又笑的!"当女管理员出来对我们说,原来大项指着身上的伤痕给她看。

"什么伤痕?"大家悄声地问。

"让人打的,身上、腿上一条一条青的红的。"

"什么人可以这样打她?"我们不禁同情她,怀疑而愤慨地问。

"她说是在天津让治安机关关起来打的,逼她口供。"

"什么口供?"

"咱们也说不清。"大姑娘回答我们。

"可是她还笑哪!是怎么回事?"

"是呀!她说,'他们问我这是谁写的?我说人家给我亲笔签名的呀!他们不信,我就跳舞给他们看。'她这么说着就笑了!"

我们也只好摇头叹气，对于一个我们所不认识的疯子，我们除了看热闹、同情以外，也没有办法了。等一下她终于洗好出来了，她看我们在注视她，并不在乎，她把挂在墙上的衣服一件件地穿上去。她比夏天我在平安电影院看见她时，更不像样了，尽管她有一个美丽的侧面，可是一个人疯成这样，怎么是个人了呢？

后来我才听说，原来她有一次自己坐火车到天津去，拿了一本纪念册，到处让人签名。有人知道她是疯子捉弄她，便在她的纪念册上胡乱签名，竟害了她。因为后来治安机关把她捉了去，问她是谁签的，她并不否认，就说是签名的人亲笔签的，而那些名字足以使她吃苦头，所以她被大打一顿。人家不知道她是疯子，直到她挨了苦打，却脱下衣服，裸体跳舞给人看，人家才知道她的神经不正常，也明了那签名一定是恶作剧的人干的，这才把她放了。她回到北平来，逢人便把伤痕示人，并且得意地说："我给他们跳舞唱歌，他们就把我放了！"

我不知道她已经疯了多久，但是就我自己所知道的时间，已经有半年了，从夏天在平安电影院到这冬天。我很奇怪，她是个大学毕业生，又曾为人师表，应当家庭是不错的，怎么她的家人不管她，就任她各地方乱跑，闹这么多可悲可笑的事情给人看热闹呢？

现在，一晃两年了，她竟穿着洁白整齐像医生一样的白外套，在这里工作了！当然我们可以想象，她是已经好了，并且因为她的大学资历和能力，她可能是在这里管管事的，王股长和李管理员不是都曾告诉我们，轻微的病人，能工作的，也分配一点事情给她们做吗？

我跟着大队的参观者，一边走一边想着大项的这些经历，我们在走出工作室这部分时，王股长又停下来了，因为他正在不断解释、说明一些事情，并且答复参观者的询问。我们都围着他，忽然有人向他发问了：

"王股长，我们刚才看见一位女职员，就是那位穿着医生白外套的……"

"噢，那是我们妇女部分的工作人员。"王股长只这样简单地答复我们。

"我们知道，我看她面熟，她姓……"

"她姓项。"

"她就是大项！王股长，我知道一些关于她的事情，这里面也还有几位认识她的……"询问的参观者说着便在人群里看了看我，表示给王股长知道，我们既是认识她，当然也就会知道她曾经是疯子的事实，虽然在礼貌上未明说,当然也还是希望王股长能告诉我们关于她的事了。

但是王股长很慎重,他很客气地问:"噢,怎么认识她的呢?我刚才应当把她介绍给大家,她是一位工作能力很强,表现优良的工作人员。"

"我们认识她,是在她失去工作能力的时候。"答话的人也颇重技巧呢!

这么一说,王股长当然就明白我们知道她曾是疯子了,所以他又说:

"她现在已经完全好了。"

"看她完全好了,我们也高兴,但是她所受的失恋的刺激,如果想得开的人,实在也算不得什么,为什么对于她就这么严重呢?谁没失过恋!"

最后的一句话,引得大家都笑了,有人不禁向这位男士开玩笑说:

"难道你有经验?"

"我有经验,我有的是失恋的经验,还不止一次,可没有发疯的经验呀!"

"大概就是因为你失恋成了家常便饭,所以发不了疯!"王股长也向他开玩笑,停一下,王股长似乎在犹豫,但他终于又说:"我们很高兴,项女士已经结婚了,她找到一位真正爱她的男人。"

"真的?"大家不禁异口同声地喊。一个人的遭遇真是难讲,居然有人去和曾经疯得这么厉害的女人结婚!所有人便问了:

"她的丈夫知道她的过去吗?"

"当然知道,并且……"王股长吞了一下口水,没说完。

"那岂不是要有殉道者精神的男人,才有这样的魄力去娶一个疯子?"

"他们快乐吗?"

"他们结婚多久了?"

"他们怎么认识的?"

大家你一言我一语地向王股长发问,王股长终于回答我们说:

"在我们想象中,这样的婚姻,对于一个男人,也许是太冒险了,一个大男人还怕娶不着媳妇?必得娶个疯子,是不是?但是,我可以告诉大家,她的丈夫和她是由恋爱而成的婚姻,像你我一样的正常的恋爱,似乎没有感觉到他是有什么殉道者的精神。总之,他们是很自然地进行的。而且,他的丈夫是眼看着她接受治疗,以至痊愈的整个过程的。"

"啊!简直不能想象!"我们听王股长这么说,都不禁惊叹着。这时又有人发问:

"她的丈夫怎么可能眼看着她治好的过程呢?难道是她以前认识的?"

"不,"王股长说,"他们以前并不认识。嗯——我再坦白告诉大家吧,她的丈夫只有小学毕业的资格。"

"啊!一个大学毕业的女疯子,嫁给一个小学毕业的男人!不但不能想象,也不可思议!"有人这样惊喊着,但是别人都用食指按嘴轻轻地嘘他,表示不要表现得这么过分,那也许会被人当作没有礼貌了。其实每个参观者的心里,也都正惊喊着呢!好像这不是一件正常的事吧!我却希望王股长以解释、说明的态度讲给我们听,我们愿意去了解它。所以我问:

"股长,我们勿宁说,对于项女士的例子很有兴趣,也愿意有更多的了解,希望您多给我们讲讲,何况我们对于她以前的遭遇也略略知道一点。"

"好的,"王股长很风趣,也很诚恳,他说,"处在像疯人院这样的环境里,我们和你们不同的地方,就是我们是见怪不怪,如果我们不以常人对待我们的病人,整天拿他们的疯魔当热闹看,那疯人院就别办了。所以对于他们的恋爱和结婚,在我们看来,是极普通的事。刚才有朋友问我:她的丈夫怎么可能眼看她治好,那么,我就对大家说吧,她的丈夫也是我们这里的职员。"

大家又不禁彼此瞪着惊奇的眼互望着,张开嘴"啊"地说不出话来。王股长又接着说:

"也许各位又有新的问题了,既然项女士已经完全好了,那么她以一个大学毕业女性的资格去下嫁一位小学毕业生,是否快乐?真正的快乐?"

"是的,我正想问这个。"

"好的,我可以告诉大家,他们很快乐。无论如何,她的遭遇,所以致她于疯的那个打击,是一个大学毕业生的世家子弟所给予她的,那么在经历了这么一个大风暴以后,她平静下来了,一个诚实、好学的青年爱上她,他们结婚了,她和他愿意终身为丧失理智的人类服务,虽然这里的待遇并不高,但是爱情的价值对于她来说,是更高于城里的所谓高尚的社会。"

我们都点头表示同意,听王股长的这番话,各人的心里也许有各种不同的感想吧!

我的感想是什么？在当时可以说，是觉得很别扭的。一个好好的男人和一个曾经疯过，曾经被那么多人糟践过的女人结婚。想到这，真像咽下一个苍蝇那样恶心咧！

我们站在这里谈了有一会儿，这地方对于我们这些外来人，毕竟是新鲜的。问东问西的，时间过去很多了，这时天有些暗，在地坛空旷的院子里，有古老高大的松林，挡住了夕阳的照射，偶然有乌鸦飞过去的叫声，不知怎么，更显得这地方的不同。

我们只来了不到三小时，但是好像离开北平城，离开我的家和学校很久远了。尤其看了和听了这些人和事，我的脑子里充满了眼前的事实，放羊的老者、叫三姑的妇人和这位大项。我差点儿要把我的家都忘了！妈妈还叫我早些回去，今天晚饭她说要做我爱吃的菜呢！

大家的兴致很高，我们现在是向着男疯子部分走去，可是，我对于男疯子却怀着更恐惧的心理，因为总感觉他们是比较野蛮和凶悍的，好像更怕走进去，我怎敢像在女疯子群里那样穿来穿去呢？如果有个男疯子在我肩头拍一下，叫我一声"三姑"的话，那不是更要吓坏我了吗？除非他们一个个能像放羊的老头儿那样安详、和蔼，但是他们能吗？

所以我放慢了脚步，落在人群的后面，我宁愿多流连一下这广大的地坛，看石隙中野草丛生，想着古皇帝是怎样地在这里拜祭大自然，感谢大地的赐予，感谢他的子民的平安！啊！我脚下踏过的大石板路，岂不是许多朝代的皇帝走过的？他们可能会想到千百年后，这里没有人感谢大地了，反而是住着不能容于大地的一群人类呢？

这时已经到了男疯子部分，男性参观者都进去了，没想到几位女性参观者也和我一样，犹豫着不肯进去。王股长很好，他知道我们的心情，便也不勉强，而且还留在门外陪我们，好在还有别的职员带领那些男参观者。

王股长看我们在观赏风景，便和我们闲说了一些这里的古迹，然后他又忽然向我说：

"刚才是说您也认识项女士吗？"

"只是知道她。"我回答。

"你刚才是在李管理员带领的那一组吗？"

"是的，后来这组我的同学拉我过来的。"

"李管理员你觉得怎么样？"他忽然冒出这么一句话。我不明白他的意思，也只好回答：

"很好嘛，为我们讲解，跟您一样使我们知道许多事情。"

他"嗯"了一下，微笑着又问我："如果，我告诉你，李管理员就是项女士的丈夫，你觉得奇怪吗？"

没等他说完，我就又瞪起惊奇的眼光了："真的！"我的声音可以说是"悄悄的大声"。

是的，如果他们夫妇俩这时走在北平城里的大街上，谁又能不说他们是相配的一对呢！

此外，王股长便没再跟我多谈到李管理员和大项的事了，我也觉得应当适可而止，既然他们都是疯人院里的工作人员，大项不过是一个例子，我们不能一直拿这个例子当作话题谈个没完，虽然我还很想知道"他们结婚多久了？""她来这里治疗多久才好起来的？""他们有没有小孩子？""他们也进城去玩吗？"这一类问题。但是我什么也没问，王股长就被人叫进去了。

而这时，李管理员所带领的这一组也已到来，大家现在又会合在一起了。我这时不由得多注意李管理员几眼。无论如何，他不像是只有小学程度的人，他的谈吐、他的仪表，确实配得起大项的。如果他们以在这里居住和服务，为他们工作的目标和理想，那么，大学不大学又有什么重要呢！如果他们一天到晚有忙不过来的工作要做,城里的戏院子、电影院、东安市场,对于他们又有什么重要呢!

这时到男子部去的参观者陆续出来了,想必里面又发现了什么人生故事,有人正在说:

"我认识他。现在看起来确实好多了,还跟我说不愿意回家,就愿意在这儿多住些日子哪!难道要在疯人院住一辈子?!"

"唉,这一群失去人生乐趣的人!"有人感叹地说。

"失乐园呀!"又有人脱口道出米尔顿的这部史诗,以响应大家的感叹。

米尔顿写《失乐园》虽然是叙述人被赶出乐园的故事,但是亚当和夏娃是带了将来可以复归乐园的希望而离开的呢!难怪王股长在一旁听见了,笑着说:

"我倒宁愿说我们地坛是乐园,并不是失乐园呢!"

大家在笑声中向地坛乐园告别了,感谢几位负责人员热心的带领参观,使我们在短短的一个下午得到这么多。

黄昏离开地坛,车子驰向北平城里,回到我们的社会来,我们的家庭来。

晚饭早已摆在桌上了。妈做了两样我爱吃的菜,大葱爆羊肉、芝麻酱拌菠菜梗,可是,我没了胃口!我一回家就先洗澡,洗去一身的灰尘和疲劳,可是我总觉得我没洗干净,仿佛从地坛带来了什么洗不掉的东西。家人要我讲述所见所闻,我讲是讲了,饭可吃不下了,两条胳膊也老觉得肉麻,真有点神经过敏啦!

此后两三天,我都不太吃得下饭,只要闲着,脑子里就摇晃出地坛的景象来。

许多年过去了,地坛的景色,当时的同行者,差不多都记不起来了,但是只要我想到这件事,想到我曾经有一年去参观地坛疯人院,我的眼前就不由得浮起了——草园里放羊的老头儿,安详和可亲的面容;充满了母爱的关切的邓太太和那一声"三姑"使我蓦然的回头;飘然而逝的白色的身影和她微笑的凝视……

而且,和他们的面容一齐浮向我的脑际的是王股长的话:"我宁愿说我们的地坛是乐园呢!"

从那以后,我长了那么多年岁,我也仍不能确切地说出人生怎样才是真正的快乐,或者,我们是否真正地快乐过。

几粒谷!

就是几粒谷,

他才被送到这里来。

鸟仔卦

一阵四月的和风把挂在拘留所廊下的小鸟笼吹得直晃荡,迎着午后阳光的那只小鸟,在笼子里跳来跳去,小红嘴儿喳喳地叫着。

坐在屋里的年轻看守,正无聊地注视着这个鸟笼。看那鸟儿的活泼、鸟笼的动荡,感觉到阳光的温暖,不由得引诱他走出阴暗的屋子。在屋檐下,他伸手把鸟笼摘下来,冲着里面的小鸟吹了一声口哨:"嘘——"然后问小鸟说:"闷得慌吗?"

小鸟拍拍翅膀,这样回答:"吱吱——喳喳——!"

年轻的看守笑了,他叫在屋里打盹的那位:"老张,你来看!"

老张惺忪着睡眼出来了,漫不经心地问:"这是什么鸟?麻雀儿?"

"麻雀儿？麻雀儿会算命？家家屋檐底下都是。兔子要是架得了辕，谁还买大骡子呀！你别土豹子啦！"

"就算我土豹子好了。可是说真的，那算命的，他怎么就能把这小鸟训练得会跑出笼子叼纸牌，叼完就回笼子而不会飞走呢？"老张两手插在裤袋里，绕着鸟笼在研究。

"笼子里总该是个舒服的地方吧！人家常说：鸟为食亡。它吃喝现成，倒用不着为食奔波呢！也不用担心外面的狂风暴雨。——所以你看，咱们这儿的生意也不错呀，连算命先生都要进来白吃白住了，哈哈……"年轻的看守指着对面的拘留室笑起来。

"我不信，"老张拿过鸟笼来，"我就不信它不爱外面更自由的天地，放开试试！"

"你就试吧！"

鸟笼子被老张打开了，小鸟跳到笼门口望了望，又缩回到笼子里。

"你看怎么样！"年轻的看守很得意。

"真也怪！"老张很纳闷儿地摇摇头，又好奇地再一次把鸟笼子打开，伸出掌心接在鸟笼子门口，那小鸟儿跳了两跳，叫几声，果然又探出身子来。这回跳到老张的手心上了,并且啄了啄,老张手心被啄得发痒,嘿嘿地笑了。

他向年轻的看守点点头说:"看!……"他高兴得还要说什么,但是话还没说出口,那鸟儿拍拍翅膀,飞了!飞到栏杆上停了一下,似乎在选一个方向,又继续向高处飞,向远处飞,飞过了树梢,飞过了楼边。只是一瞬间,它就不见了。

"呀呀!"两个人顾不得说话,四只手向空中乱抓,但有什么用呢!

两个人互相埋怨起来,老张指着楼那边中间的房间,歉然地说:"真不好意思,那算命的曾再三拜托过我呢!"

蹲在拘留室一角的算命先生,他正以十分无奈的心情向着铁栅窗子呆望。从这扇高高窗子望出去,只是一小块单调的蓝色天空,但在蓝色天空下的世界是多么广大,到处是山林、村舍、街道、田地、人群……可是谁是和他有关系的呢?他胡乱地想着,想到了他的番种小文鸟。他想到那个圆锥似的小红嘴儿,跳出鸟笼来叼纸牌,从它嘴里叼出来的命运之牌,维持着他俩可怜的日子。想到在灰暗的小旅舍中,他怎样一粒一粒地喂它吃谷子。他总要把它喂饱了,才肯用一碗米粉汤来填自己

的肚子。近来算命的生意实在太坏了,人们怎么会变得不喜欢算命了呢?他带着小文鸟,一村一镇,一镇一市地串过去,常常整天都没有生意。没有生意,使他饿得发慌,其实他只要一碗米粉,小文鸟只要几粒谷子,就够他们凑合一天了。

几粒谷!就是几粒谷,他才被送到这里来。世间有些事他不太懂,也算不出来,也许他只顾算旁人的命运和钱袋,对于自己的未来就顾不过来了。正如他被送进这间屋里来时,躺在对面的那个老龟奴嘲笑他的话:"算命先生,你的鸟仔卦就没给你算出要受牢狱之灾?呵呵!"

这次的事情,第一他不懂的就是那个女人为什么哭?她蹲在树底下,抽抽噎噎,哭得那么伤心?好像谁在要她的命。跟着就是为那几粒谷,鸟店的主人怎么也对他那么不依不饶的?

这天的天气很好,他一早便饿着肚子从城西的小旅店里出来。这个相当繁华的小城镇,他是前年来过的,道路还模模糊糊地认识,他的腋下夹着包裹在黑布包袱里的鸟笼,小文鸟暗无天日地在里面跳着、叫着。他的肚子是滚着昨天一天喝下去的风吧?像打雷似地鸣叫着。——今天非得算个好命不可了!在肚子里一阵咕噜噜的响声之后,他不由得这么想。身上一个钱也没有了,就连那小火柴盒里也只剩下了几粒谷,他和小文鸟都要吃饭,要活下去呀!

——算一个好命,一定要算一个好命。他想着,手里的两片竹卦头便敲得更响,喊声也提高了。

"卜鸟仔卦!卜鸟仔卦!"哒!哒!哒!

"老人卜尾景!"哒!哒!"少年卜运气!"哒!哒!

卦头随着他的叫喊声有节奏地敲着,那声音就像要把每个沉睡的人都敲醒来。可是一上午白白敲喊过去了,并没有人理睬他。

他走得热了,又口渴得很,但连喝一碗茶的钱都没有,他就站在一棵大树底下乘凉,看日头的影子,知道这时已经过午了。

就在树荫下,他遇见了这个女人,她蹲在那儿,拿树枝画着土地。他要看看她画的是什么——测字他也会呀!走过去,她抬起头来,他们打了一个照面。他有礼貌地向她点点头。但是她没理他,仍低下头画她的。

他低下头看自己的黑布胶鞋上,满是尘土,他用力地跺了跺脚,便也顺势蹲下了,把黑包袱放在身边的地上，手中的竹卦头"呱哒"一声搁在包袱上。

那个女人，仿佛吃惊地抬头看了看，冷冷地问说："你是算命先生？"

"是啦！我是卜鸟仔卦的，老人卜尾景，少年卜运气，鸟仔卜卦真有灵，卜人贵贱生死无差。——看你的相，是好命相。"他捉住好机会，向眼前的女人展开了一套江湖话。

"好命？什么样的人才有好命呀？"女人似乎感兴趣了，但仍是冷漠地问。

"好命——"他斜着头思索了一下，"好命——我给你讲一个好命的人，鹿港的辜显荣，你总该知道，他就是千万人中难得的顺命。"

"怎么顺？"

"怎么顺！他这么顺——辜显荣的生辰八字算起来刚好是虎兔龙蛇顺排的，虎年兔月龙日蛇时生，一顺百顺，是命中注定的。"

他讲得很卖力气，为了要博取这个女人的信任。虽然辜显荣的八字究竟是不是像他所说的这么确实，他也不知道，这原是师傅传授的一套。但是，提到辜显荣，人人都知道就是了。如果这个女人要算命的话，他为什么不可以替她算个好命呢？卦中乾坤，全在他摆弄的几张纸牌上呀！于是他问她："这位大姊，你是属什么的？"

"嗯——"她迟疑了一下才回答："属鸡的。"

他仔细观察一下这个女人，满额头的纹路，紧锁的眉头，黝黑的皮肤，她该是劳心又劳力的女人，看上去像三十多岁的，但是他知道她不会那么大，"啊！属鸡的，你是1933年癸酉生人，今年二十五岁。"

女人点点头，眉头展开些，好像有点信服了。

"那么，"他又接着说，"今年丁酉，刚好是你的本命年，家里有属兔的吗？有的话要注意，鸡兔是太岁冲呀！"

见女人在倾听了，他便进一步从怀中掏出一个小脏布包，打开来是一个小竹筒，里面有十六根卦签，他把签筒摇两摇伸到女人的面前，她犹豫了一下，还是伸手抽了三根签。

"坎为水，乾为天，坤为地……"他念着签上的字，边问边讲，他先从女人的嘴里知道一些她的事，然后再向她解释着，警告着，比喻着，安慰着。他又问她："要问什么？"

人总是希望预知未来的，她也不例外。那么他要给她一个好的未来，一个令人安心，令人兴奋，有希望而又富足的未来。为什么不呢？眼前这个女人，无疑是有着痛苦的，为了要解除这个女人的忧心，为了自己的一顿饱餐和凑出旅店钱，他将毫不吝惜地多说几句好话。

他问了她的生辰八字，掐指算一算，惊异地瞪着眼对她说："好命，是个好命，此命生来福禄丰，荣华富贵喜冲冲，事事随心皆如意，堆金积玉粟满仓……"

他说得高兴，忘了热，忘了饿。她也听得开心，眼睛里开始闪出希望的光辉。随后他打开黑包袱，露出那只竹条油透并且沾了一层泥的小鸟笼来——他每次打开它，就是歉疚地想，有机会该给小文鸟换个新住处了。他又打开了一包纸牌，一边嘴里扯着闲话，分散女人的注意力，同时一张张地选着，拣出预备给小鸟叼的牌，排在固定的地方。训练小文鸟叼那有记号的纸牌，是一件费时费力的事情。纸牌的一边点了像谷子样的小圆点，饿着小文鸟的肚子，让它在纸牌中叼出有像谷子记号的牌。

在挑选最后一张卦钱牌的时候，他曾想了想，拿出哪张来呢？"天神送元宝"还是"天送黄金"？别那么狠心吧！"天送黄金"也就差不多了。

于是他打开鸟笼放出鸟儿来,一张,一张,它一共叼出了四张牌,他都接过来排在手里。然后把火柴盒仅余的几粒谷子酬谢了那只仍食人间烟火的神鸟。

他顺序地打开那有着画儿的纸牌给女人看,并且为她逐一讲解。第一张是美丽的鸡,表示她的属相,第二张是句谚语"双脚踏双船",他告诉她,做事不要犹豫,不要脚踏双船,认定了一方,努力地去做。譬如婚姻吧,认准了哪个人就嫁给他,将来荣华富贵是保有的。——看!他又摊开了第三张,告诉她,这是鸟仔所卜的"郭子仪七子八婿大拜寿"图,象征她的未来,晚景是如何地美好!

接过那张纸牌,女人展开了笑容,仔细地端详着。她是在想那美丽的未来的晚景,足可以抵过眼前不幸的遭遇吧?七子八婿!她的脸红红地发烧了。他相信这女人是这样想法的,因为她精神显得振作起来了,他的几句话就像清晨的露水,滴到她如花的生命里,不再枯萎了。那么就在她转忧为喜的当儿,他摊出了最后的王牌,"天送黄金四十元",这个好卦,他只收她四十元。

"四十元?!"她像受惊的小鸟,立刻收敛了笑容,"四十元!不,我没有,没有那么好的命,算命先生!"

她焦急地喊着。

"你看,"他平心静气地又拿出一张牌,"你并不是最好的命,天神送元宝八十元才是最好的呢!"

"不,"女人还是坚决地否定,并且哭了,"不,我要是有好命,怎么身上连一块钱也没有?我是那箱里的垃圾,被人削了皮,扫出来,扔掉的,我一个钱也不值!我一个钱也没有,哪儿熬得到七子八婿那个时候……"

她就这么数叨着哭起来了,他没见过像她这么不知好歹的人,算出了好命来倒不承认。去年他给个胖女人算了"天神送元宝"的命,人家还另加十块喜金呢!看她哭,他愣愣地也没有办法,但是这时却围上了一圈看热闹的人。真有爱管闲事的,挺身而出的是个外省人吧,指着他鼻子说:"四十块!你不是穷开心吗?你看她这身打扮,哪里有好命,不会到对面高墙门里算去!路边上餐风饮露的,还有什么好命!"

哟!这一卦倒算出了这位客人的一肚子牢骚,他何必那么激昂,竟把对世间的不平,借着无影无踪的四十块钱发泄起来了!但是另外一些人的默默不言,也是表示同意吗?在这个情势下,他除了走开,还有什么更好的办法?于是他一言不发地卷起了黑包袱,唉地叹了一口气，从嘤嘤的哭泣声中，从多少只对他陌生又怀疑的眼光下，走开了。

　　他没有目的向前走。——找错了主顾他该挨饿，没有什么可埋怨的，他一边走一边想。只是怎样解决眼前的生活呢？店钱！饭钱！好吧，他饿一顿也是饿，饿两顿也是饿，可是凭什么小文鸟也跟着他受罪呢。他想着不由得夹紧了腋下的黑包袱，拍了拍，像母亲拍她怀中的孩子。在黑包袱里是个远来的小鸟，它的祖宗是在马来群岛的，所以人们叫它番种文鸟。淡红的小圆锥嘴，苍灰的背，淡葡萄的肚子，小小的黑翅膀，可有两只红脚，在他的手掌心上那么乖巧地啄着谷粒，他们相依为命的，有两三年喽！……

　　忽然他的耳旁传来一阵吱喳的声音，原来不知什么时候又走到这条有鸟店的街上来了。昨天他曾走过这里，并且徘徊了许久，为那只小巧的鸟笼子不是还发了半天呆吗？怎么今天又不知不觉走到这儿来了？

　　走进鸟店，看看那成百的各色鸟儿在漂亮的笼子里吱喳叫着，他不禁为腋下的小文鸟叫屈，他梦想给小文鸟换个鸟笼不止一天了，可是到了今天，连火柴盒子都是空的，还谈什么鸟笼。他满心羡慕地挨个摸着那些鸟笼,有钢丝的,有漆竹的,料这么好,工这么细,在一转身的时候,他又看见了一箩谷子,——啊,也有鸟食卖呢!这倒是目前最需要的,不过——他随即想起了自己的空钱袋。但是过了一会儿,不知一个什么念头竟驱使他在看看店里没有人的时候伸出手去,抓了一把谷子,那么快,那么不假思索的。

就在这同时,他却被店后面出来的人捉到了,是当做贼一样地被捉到了。

"我在后面看你半天了,摸摸这个,摸摸那个,昨天的一对琥珀鹦哥偷出滋味来了吗?"

"不,昨天不是我。真失礼,刚才我只是拿了些谷子要喂我的鸟,我是卜鸟仔卦的。"他后悔太大意,赶忙解释说,脸也羞得涨红了。

"算命的!哈哈!你倒算出那两只琥珀鹦哥是我店里最值钱的鸟来了。昨天就是你,是不是?在店门口来回走了半天?晚上我的鸟就丢了!你会算,算准了。"

那是一个怎样尴尬的场面,他无论怎么解说,都不能得到人家相信,鸟店主人不依不饶地认准了是他偷的。在这个镇上,有什么人能为他证明的呢?他是个陌生的旅客,昨天才来到这儿的,旅店的主人能证明他吗?他们会说:"这小子,我刚看见他的,在五福街的树荫下骗一个女人!"

他终于算一个嫌疑犯被拘留起来了。在拘留所的进门处,他又被拦截住:"家畜不能带进去!"

"它只是一只小鸟。"他小心翼翼地解释说。

"小鸟!蚂蚁也不行呀!"

就这么,他把鸟笼双手捧给看守,好言地拜托了一番。小文鸟却像一个无知的孩子,尽管在里面乱跳。

现在,他呆望着窗外的蓝天,渴望那辽阔的天地。这世间虽有许多事他不懂,而且也算不出,但是他总要生活呀!

在窗前,他忽然瞥见一个小黑影掠空而过,他不知道那就是被放出笼的迷途小鸟,还满心地盘算着,他和小文鸟下一站的旅程会在什么地方落脚?

贫非罪

他们问我,对于那个富家子弟被贫苦小儿毒打的事件,是如何处理的?我愿意讲给他们听,但是我一定要先为这件事正一下名,它应当这么说:那个富家子弟羞辱了贫苦小儿而被打的事件。

在周末的下午还给我添麻烦,真使我不耐烦。当冯老师惊慌地跑进我的房间来时,我正预备锁了屋门出去,看五点半那场的电影,他在等我。

"快去看你班上的两个孩子打架,那个小瘦羊,是要把邱乃新打死吗?他拳拳到肉,拿邱乃新的头脸当一块烧热的铁在捶打。"

我听了紧皱眉头。

正在说着,这两个学生已被同学们簇拥而来。看见小牛一样健壮的邱乃新被打成这样子,我也不免惊疑,这个咬菜根长大的张一雄,他哪儿来的这么大力气打人?

在我未问明这件事的起因以前,先把围在窗门外看热闹的学生赶走了,我说:"回家吧,不要围在这里,这儿又不是七分局!"

然后我把窗门关上了,屋里只剩下我们三个人。我想先治伤要紧,便一面用冷水擦着邱乃新的伤处,并且涂上消肿药膏,一面对张一雄说:

"一雄,看你把他揍的真够瞧的,已经青肿了,到底是为了什么?"

"我不许他这样学我的父亲,说我的父亲!"

说话的这张小脸蛋儿,青筋暴着,声音悲愤而颤抖,眼里含着就要夺眶而出的泪水。

不用说我也知道,是邱乃新又学了张一雄的爸爸——那腋下架了单拐的瘸子。说来也实在可笑,连我初见那单脚汉子一跳一跳地走路时,也不免紧闭着嘴唇,怕不小心会笑出来。邱乃新聪明过人,所以,如果那单拐被他学了的话,准保会引起同学们的哄堂大笑。再加上他对张一雄的爸爸曾被诬陷窝藏贼赃的讪笑,那滋味儿,对于被讪笑的这方面,确是要一个相当程度的忍受。我相信这是一次过度忍受后的爆炸。

当我把消肿药膏涂上邱乃新的嘴巴时，便漫不经心地问：

"那么你又是学了他爸爸走路的样儿啦！一跳一跳的！你还告诉同学们说，他的爸爸吃了官司，因为窝藏赃货？"

邱乃新没有回答，表示默认。

我要邱乃新把童子军服上身脱下来，因为纽扣也被扯落了两枚，脱下衣服时，我又看见，小棒槌一样结实的胳膊上，也青肿了两块。我微示意叫张一雄看，他眼皮抬了一下，又低下了头。

"邱乃新，你爸爸是要出国了吗？"我一边缝纽扣，一边问。

"是的，林老师，爸爸这次要到欧洲去考察。"

说起爸爸，那是邱乃新顶得意的事，本来也是，那真是一个值得使儿子骄傲的爸爸！这位爸爸是富农，邱乃新曾说过，他爸爸所有的田地比台北市还要大，这并不是夸大之词，当你乘南下火车时，便可以看见那一望无际的嘉南平原。去年我领着一班孩子到南部旅行，在火车上，邱乃新便指着平原的二期稻向我说，嘉南平原的好田地，是有他家一部分的。而且这样小的孩子，对于农业便有很丰富的知识，实在应当归功于这位富农的教子有方；他年年带了爱子们下乡，为的是使他们认识农作物。不但如此，他还是水利专家，对于平原的灌溉，有不少的贡献，他不光是为自己的田地，也造福所有的农家，所以一提起坎脚的"邱枝仔"，人们都肃然起敬，他们都愿亲昵地称呼着他的小名枝仔，而忘记了他的大名是"邱添枝"了。邱添枝先生的后代，也没得说的，乃新的大哥学的是农业化学，前年才送出了国。二哥虽然没有按照父亲所期望的去学水利工程，可是也没出土地的圈子，他研究土壤。水利工程的希望，便整个寄予最小儿子邱乃新的身上了。乃新不会使爸爸失望的，他既聪明过人，当然学什么都可以，学瘸子架拐不也很像吗？

"你爸爸这次又是去考察水利吗？"

"是的，他要到许多国家去考察，要耽搁半年之久。"他回答我，眼睛却以不屑的神气溜着张一雄。那苦孩子，他头更低垂了，他从一进这屋子起，就在等待着我的惩罚，我知道他不想申诉更多的理由，因为他是无理可申的。

"乃新，你的爸爸真是一位可敬佩的爸爸！"我缝好了纽扣，把衣服递给他时这么说，但是我略一迟疑便又接着说:"但是张一雄,他也有一位可敬可佩的爸爸呢。"

我这话一说出口,正在穿衣服的,和那等待受罚的,都猛地抬起了头,因为这句话出人意料,是他们俩所未想到的,所以不约而同地瞪视着我,等待我说明这句话的意义是什么。

"人人的爸爸都是他们心目中的英雄,所以,"我把眼睛朝着墙上的日历,因为我这话不是专向某一个人说的,"人人都愿意自己的爸爸受到尊敬,却不容被羞辱。"

"说起张一雄的家,是真够穷的,"我再说这话,却是面向着邱乃新了,"当然,一雄爸爸的脚也影响了他们一家人的生活。"

说起张一雄的穷苦,我的脑子立刻浮上几个深刻的印象:纯白的午餐,多彩的外套,街廊下的木板屋,爸爸的单脚。

不止一次了,当这穷孩子打开他的午餐盒,里面却是满满的白米饭,但旁边是一撮白糖。白糖拌白饭,使我想起了淘气的幼年,吃汽水泡饭和烧饼夹冰淇淋的趣味来了。但他的白糖拌白饭可不是为了兴趣呀!只是因为一撮白糖总比用油炒菜更省钱些罢了。还有他那件用几种不同材料拼凑成的外套，曾一度使我以为他爸爸是裁缝。

同样是学生的家长，但当你知道一个是拥有整个城市那样广大的田地时，你简直不相信世间尚另有一个如此贫困的人！有一天，当我走向那条两边都是骑楼的巷子，并且找到了临时搭盖在骑楼下的简陋的木板屋时，我不由得默诵着印度诗人泰戈尔的短句："小草呀！你的足步虽小，但是你有你足下的土地。"看见这样风雨飘摇的小屋，我不免替屋中的人羡慕小草。

那天是我做家庭访问，但是我并没有走进那和街路打成一片的家庭，张一雄的爸爸把我让到他们的"宝号"去坐——在巷口外他摆的那个摊子旁。这个摊子除了卖些甘蔗糖果外，还兼卖糯米面做的小人儿，那是用蒸熟了的糯米粉，加入各色颜料，捏制成的人物及动物。我想这是他断腿后无以为生，才想起来借以糊口的手艺。

讲到贫困的生活，这位单脚的家长，在谈话中便不免涉及他的腿的故事：是战争的末期了，他不幸被征调到中国大陆去做日本军队的翻译。有一次，他在一种不忍的心情下，放走了一个中国青年，是抗日地下工作者。这样一来，他的腿便在池田少佐的盛怒下被打断了，他拖着剩下的一条腿,回到被盟军轰炸得千疮百孔的台湾后不久,日本便投降了。

"那条腿留在大陆上了,这条腿使我一无所用!"我记得他说到这里苦笑着,指着摊子上的小面人儿,"我做着骗孩子的生意,养我六口之家。"

看那小巧的面人儿,我曾发怪想:如果我是校长,我要请他到我们学校来教劳作。

"你学张一雄的爸爸走路,不要紧,但你也无妨知道一下他的腿是为了什么,才变成这样的。"于是我便把断腿的故事讲一遍给邱乃新听。

我想为人子者都是一样的,讲到单腿爸爸的故事时,那瘦瘦的小羊,眼里也充满了光辉。

"还有关于张一雄的爸爸被诬陷窝藏贼赃的事,我也知道得很清楚。"我再说给邱乃新听,因为我势必得纠正他对这件事的错误印象。我说,"乃新,贫穷本来就够痛苦的了,但是还有许多不幸的事随着贫穷产生。张一雄的爸爸,又穷又瘸又倒霉。有一天不良的邻居硬把一个小箱寄存在他家,他怀疑这不是一件普通事,第二天便决定把小箱子送到警察局去。可是他晚了一步,所谓邻居的贼人已被捕了,警察正迎面而来,是预备到他家起赃的,因此也被捕了,并且以窝藏贼赃嫌疑的罪名被起诉。这件事在报上一登出来,我就知道准是冤枉的,我也准知道,在公平的法律之下,他的罪会被洗刷干净。果然不久,他便被证明无辜了。乃新你看,他爸爸在巷口外摆他的摊子,没有人敢瞧他不起。"

关于这两个孩子的纠纷,我的话本是说到这里为止的,这便是我处理的经过,但是他们并不满意,一定要问我,到底是命令哪一个先向对方道歉?关于这,我非常抱歉,因为这两个孩子究竟谁先道歉,我确实一无所知。我以为究竟谁先向谁道歉,他们各人的心里,自然会有最公平的裁判而自行决定,不是也不用我来命令,我也没有知道的必要。当时,我只是从抽屉里拿出钥匙,放在桌子上,因为我早就预备出去的,我最后对他俩这么说:

"健全的社会是由于两种力量组成的:一种是'造福人群的智慧',像邱乃新,你的爸爸一样。一种是'贫苦不移的精神',像张一雄,你的爸爸一样。好,你们俩,不管谁先向谁赔不是,但不要忘记,临走时要把门替我锁好。"

当然,在处理这件事的全部过程中,人们不难看出,我所秉持的,只有一个重要的意义:贫非罪。

先生!

先生!

您的钱掉了!

谢谢你，小姑娘

除夕日的下午，母亲把我叫到厨房，用商量的口吻对我说："爱官，再去姑妈家一趟吧！"

"菜不是都买了吗？"我闻见灶上的红烧肉香，纱橱里也好像碗碗盘盘有了几样菜。

自从父亲死后，便靠母亲十指缝缀养活一家人，粗茶淡饭已经很勉强，可是到了年节，母亲却不肯将就，总要四盘八碗地摆上去，先供父亲，然后撤下来回锅热热，我们一年只吃这样一次比较丰盛的年夜饭，还要母亲多方操心。这一年，我记得母亲是先派二姐到堂叔家借的钱对付买了年菜，现在又派我去姑妈家，当然除了借钱不会有更好的差事。我们平日事事顺从寡母的心，唯有提到上阔亲戚家，姐妹们便你推我躲，不肯上前。

母亲又温柔地向我说："傻丫头，还有明天呢，从你二叔那儿借来的二十块,刚够买些菜,明天开了门打发这赏那赏的,事也可多哪!去吧,爱官!"

听到妈末一句话的声音,总不忍违背了她,不得已拖着沉重的脚步到姑妈家去走一趟。进了姑妈家的门,只见老妈子、听差穿梭似的忙,我打开堂屋的门,一股热气扑面,看见桌上椅上摆满了礼品,表妹见我来了头也懒得抬。姑妈正扯开了嗓门骂佣人,她没有看见我,我轻轻地喊了声:"姑妈!"她没听见,我待在那好难受。老半天,姑妈才认清了我,她说:"呦,爱官你什么时候进来的?这群没用的老妈子……"接着她跟我开了河,她说这样涨那样贵,买这买那花了多少钱,全是她的阔事,我嘴里唯唯称是,心里却盘算着怎么开口向她借钱,临来时母亲教了我一大套好听的话,全用不上了。后来姑妈说够了,才想起来:"你妈、你姐姐都好哇?我还要叫她给我织件毛衣呢!"

好不容易抓住这个机会,我这才赶紧接上话:"我妈好,让您惦记,我妈说……"姑妈一听是借钱,就不像刚才那么高兴了,她虽还是笑,笑得怎么也不自然了。她先向表妹说:"去,看你爸爸那儿有零钱没有?我这儿没有了。"表妹坐在那儿扭一扭腰,表示不高兴去。姑妈没办法，往腰里掏，掏，掏出一张十块钱的票子来，晃了好几晃才递到我手里。接着她又足足教训了我一顿，她说什么要好好用功，才对得起你死去的爹；又说什么要省吃省穿，钱来得不容易，还有什么别学坏，别乱跑，别贪玩等等。我连声答应着，我知道一个穷亲戚向阔亲戚借钱的滋味，我知道该怎么低声下气。屋里暖气开得太高，临来时妈妈又给我加上一件当大衣穿的棉袍，我热得涨红了脸，耳根都发烧了。这时姑丈从里屋喷足了烟走出来，他对姑妈说："让爱官回去吧，不早了，她妈回头惦记她。"我如释重负，站起来就往外跑，一股凉气迎脸打来，我舒服多了。

天黑下来，鹅毛雪下着，我的手插在口袋里，紧紧捏着那张票子，怕被失落了似的。我凄凉、孤独地走着，脑子里充满了刚才姑妈家里的情景——那些礼物，那暖洋洋的堂屋，表妹那副嘴脸，姑妈的训词……忽然我觉得头有些晕，喉咙也痒起来，是从暖室里猛一出来，吹了冷风的缘故，我靠在街旁一根电线杆子休息了一会儿。对面亮煌煌的是一家糖果店吧？只见里面人影幢幢，该是有不少办年货的人。

我走过街，想在这店里买两个梨润润我的喉咙，顺便给姐姐们带些糖果回去,我手里毕竟有了十块钱,我使劲地捏了一下,它还在。一进店,我低下头向玻璃橱里找标价最便宜的糖果。我的身旁站着一个穿蓝布长衫的人,他的衣服正好遮住了半个柜,我抬起头来看他,是一个戴着玳瑁边近视眼镜的又瘦又高的男人,他正拿着一罐奶粉问价钱,我想站一会等他买完再说,我连请人"借光让一下"都不敢说。

这时我见那男人从大褂的襟上取下自来水笔,对老板说:"我今天刚好没有钱了,这钢笔先押在这里,明天再拿钱来取可以吧?"那老板,两手交叉在袖笼里,面目无表情地摇了摇头。那男人又说:"可以吧,老板,明天我一定拿钱来,小孩子夜里没有奶吃了。"我的干喉咙里咽了一口唾沫,等着老板的答复,电灯正好照在老板的光葫芦头上,又摇了几摇。那男人把奶粉罐放下,叹一口气出去了。

我不知怎么也跟了出去,昏沉沉的脑袋里又幻想着他那句话:"小孩子夜里没有奶吃了"。夜里没奶吃了,夜里没有奶吃了……我忽然停住了脚,喊道:"先生!先生!"随着我把捏在手中的钞票扔在脚底下。那男人回过身来,我指着地下的钞票说:"您的钱掉了!"他犹豫

了一下,张开了嘴,可没说话,弯下腰捡起那张钞票——那张还带着我的体温的钞票。随后他说:"谢谢你,小姑娘。"我们两个人表演得都够逼真。

我害羞似的跑走了,回头看那顽长的影子还愣在那里。这时远远近近的除夕的爆仗声开始乒乒乓乓响了起来,我想我该快些跑回去了,母亲还等着我吃年夜饭哪!

白兔跳

嫂子从乡下来了,带着我的侄女美惠。跟嫂子同时来的是家乡每个人的近况,比如说,四姑家表妹的婚事,堂弟阿桢的媳妇怎么跟婆婆不和,嫁到日本的堂姊就要返国省亲,以及猪肥鸭瘦等等,我都觉得新鲜有趣,但其中最使我感兴趣的,莫过于"白兔跳"这档子事儿。谈到"白兔跳",只怪我这台北人少见多怪!

是这样:我们说来说去,终于把谈话的焦点落在孩子们的身上,因为她有五个,我有四个,关于九个孩子的生活起居,足够我们姑嫂二人嚼半天舌头的。当话题从家庭转到学校时,坐在一旁的美惠忽然发言了,她问我的大女儿:"美丽,你们学校有'白兔跳'吗?"美丽摇摇头。

"白兔跳"?这应当是幼稚园里唱游课上表演的,

美丽已经在小学四年级了,当然不会再玩什么"白兔跳"。这也难怪,美惠虽然和美丽同岁同级,但是在一个乡村生长的孩子,论体质,我家美丽便要略逊一筹了,所以在美惠的眼里,认为美丽是幼稚园生的事,也是可能有的,所以我说:

"美惠,你忘了吗?美丽和你一般大,在四年级了呢!就连咪咪也上二年级了,她们当然不来'白兔跳'了。"

美惠却瞪大了眼睛:"大姑,我们学校六年级还要'白兔跳'哪!"

六年级也有"白兔跳"?那么是我弄错了,它不是一种唱游节目,而是……噢,我回过头来问我那读初中二年级的大儿子:

"那么,你在小学六年级的时候,国语念过一课叫'白兔跳'的吗?"

小儿今年夏天因为勤于游泳,在川端桥下多喝了两口水,身上长出了几条肌肉,他便以为自己是男子汉了,有些地方便跟他爸爸一鼻孔出气,所以他也像他爸爸,只用两个单字来答复我的愚蠢问话:"笑话!"

我只好对美惠说:"你表哥在六年级时也没念过'白

兔跳'。"

这一回美惠呵呵地笑了:"'白兔跳'不是念的!"

是我又错了,那么——那么——"白兔跳"不是唱歌,不是游戏,不是课文,是个什么东西呢?我纳闷地问美惠:

"你说说看,'白兔跳'到底是怎么回事儿?"

"是这样的,"美惠从椅子上溜下来,蹲在榻榻米上,两手抱着膝盖,一跳一跳地。

啊,我明白了,"白兔跳"只是一种很简单的动作——蹲在地上,手抱膝盖,一跳一跳地。

我对嫂子说:"小孩子真是有意思,蹲在地上跳两跳,也这么高兴,唉!"于是我叹惜着,像我们这样生过孩子的女人,长了满肚皮肥油,不要说跳,就是蹲下去,也怪费劲儿的呢!嫂子这时忽然沉下了脸说:"小孩子就是身体灵便,也不能多跳呀,美惠和芳惠常常因为'白兔跳'跳多了,走不了路,就这样子地回家来。"

说着,嫂子也站起来表演啦,她弯下了腰,撅着后座儿,两手支持着膝盖,一步一蹭地走着,"喏,跳多了就这样子,夜里还要喊腿痛。"

我笑了,哈哈大笑。我对美惠说:"赶明儿个少跳几下吧，姑娘家撅着屁股回家实在不像样儿！"

"怎么可以少跳？"美惠理直气壮地喊着说。

"怎么不可以？"乡下孩子真是气儿粗，我拿出姑姑的威严来，"我问你，美惠，你到底能跳多少这种'白兔跳'？"

"怎么晓得？"美惠的国语已经标准得会顶撞姑姑了。

"那么，你在什么地方跳它？"

"高年级在操场上，低年级在教室里。"

"老师就不管你们？"

"老师当然管，他不叫停，我们要继续跳。"

啊，这回我明白了，这是一种全校性的游戏，虽然它不名为"唱游"什么的，但仍有着游戏或体育的性质，因此我以一种恍然大悟的神情对美惠说：

"你们一星期上几堂'白兔跳'？"

"上几堂？不一定！"美惠原来靠躺在藤椅背上，一下子又坐直起来，"'白兔跳'又不是功课，怎么叫上几堂，姑姑你没有明白！"

美惠这么一说，嫂子也笑了，我真是让"白兔跳"给跳糊涂了。

"到底'白兔跳'在什么时候举行？"

"不听话的时候，功课没做的时候，上课不好好听老师讲书的时候……"

"好了，美惠，你不用说了，我这回算明白了。"

"白兔跳"，一种没有伤痕的体罚！

在禁止体罚的今天，如果有此等现象的话，我脑子里忽然一转念，那不难说出这是怎么回事："日本时代"的遗毒！

说起"日本时代"，立刻使我想起这四个字给我和嫂子间的一道鸿沟。要知道，嫂子是"高女"毕业的，光复的时候，连本乡本土的台湾话都说不利落，到今天居然能够随着哥哥的胡琴唱两句"儿的父……"，我不能不说她进步的快速。但是，就别遇到使她回忆过去的事，无论如何，她对过去仍有一份依恋。所以，比如说到市政吧，当我们谈到门前阴沟的污秽没有人管时，那么她一定会说："'日本时代'不是这样的！"好像"日本时代"的种种好处是属于她的光荣，而我呢，也总要为今日的缺点掩饰一番，就好像光复后的样样坏处是属于我的耻辱！因此，我早打定了主意，有一天要彻底地打击一下嫂子的"日本时代"！

机会来了，——我知道的，我的孩子们从来没有受过什么"白兔跳"的变相体罚，用"白兔跳"来体罚孩子，无疑的，这是一批年龄稍长的教员，他们是"日本时代"留下的宝贝，他们仍依恋于"日本时代"的师尊制度。哼！还没忘掉挨过什么中村老师的两巴掌呢！于是我以振振有词和打击对方的口气先对嫂子说：

"这全是'日本时代'的遗毒！现在的老师不会这样做的！"然后我问美惠：

"美惠，你的老师年纪很大了吧？"

"不，"小妞漫不经心地说："他去年才师范毕业的。"

我好像咽下了一只苍蝇！

我拿什么来自圆其说呢？在慌忙中，我忽然想起来儿子刚才那两个万能字，于是我先从鼻子里哼了声，然后说："笑话！"

这时嫂子起身告辞赶火车下乡去，我一看孩子们，原来都下到院子里的水泥地上，在美惠的指挥下，大练"白兔跳"去了！

熟芝麻?
到底为什么呀,
老师快讲!

两粒芝麻

听说班上有两个一向要好的同学已经有一个月不说话的事情以后,我便想起了那两粒芝麻——冬日朝阳下,两个小女孩在校园墙角边埋下的那两粒芝麻。

我决定把这故事讲给孩子们听,但是我怎么讲起呢?它只不过是个人在情感上一段难忘的小事,既没有曲折引人入胜的情节,也没有完整的开始和结果。它是片断的,尤其经过岁月的冲淡,其中无关紧要的,都了无痕迹,剩下那永铭于怀的,也仅代表了个人的心情或感想,却不是故事。

在自由发挥意见的"说话"课上,我先在黑板上写下了两个大大的白粉笔字:友爱。我预备使今天的"说话"着重于友爱的发挥。

孩子们随着我的笔画轻轻地读着,我回转身来时,一眼便看见坐在前排的小淘气张广田了,他正装着怪模样儿,搂着邻座的凌明,嘴里轻喊着:"友爱呀!友爱呀!"

"这就是你的友爱?"我向张广田开玩笑说。同学们看张广田的怪模样儿,也都笑了。我们的"说话"课,是要在这样轻松的气氛中进行的。

名为训练孩子们的说话能力,最后免不了是由我的故事来结束这一堂课的。孩子们在发挥了他们的说话欲后,轮到要求我了。"老师给我们讲一个友爱的故事吧!"

"好,我来讲。我有一个故事,这故事里有两粒芝麻。"我的故事既缺乏情节,我就得凭说话的本事把它弄得动听些,这样开头可以先吸引他们的注意力。

"两粒芝麻?两粒芝麻的友爱?"他们好奇地睁大了眼。

"不错,正是两粒芝麻的友爱。"我停顿了一下,回忆着,年头儿不少了,"两粒芝麻被握在两个小女孩的手里,梳两条小辫子的高些、瘦些,剪了齐耳短发的是个小胖子。她们俩的小手冻得又红又僵,那两粒芝麻真亏得她们的小手紧紧地握住。想想看,芝麻是多么小的东西,一不小心掉在地上的话,连找都不好找呢!她们俩拿了这两粒芝麻一直向校园的东墙角跑去。那天早晨虽然冷，太阳可真好，它一直照到东墙的一排矮松下。她们选了中间最大的一棵松树边蹲下去，随地拣一块瓦片，掘着墙边的土，掘下去大概有这么三四寸深的样子，小辫子说：'可以了。'小胖子便停止工作。她们俩同时抬起头来，互相微笑着，便把各人手里的一粒芝麻扔到土洞里，然后把掘开的土再铺下去，两粒芝麻便被埋到土里了。……"

"她们是要种两棵芝麻树吗？"有人插嘴。

"不过她们种的是熟芝麻。"我好像说书的人，卖个关子。

"熟芝麻？到底为什么呀，老师快讲！"孩子们急着想知道，在催我。

"每天早晨，她们的早点都是买一套烧饼油条来吃。那种烧饼真香真好吃，因为上面有一层烤得半焦的芝麻。吃的时候，烧饼上的芝麻会撒下来，掉到桌子上，舍不得的人便会在吃完烧饼以后，还用食指蘸了口水，——就这样子，去粘桌上的剩芝麻吃。……"

孩子们听到这里哄然大笑，因为我表演了用食指粘芝麻粒吃的样子。

"不要笑,听我说。那天早晨她们埋下的就是从烧饼上掉下的两粒芝麻。是小胖子先出的主意,她对小辫子说:'咱们永远这样要好,谁也不许跟谁吵架。'小辫子说:'如果吵了呢?'那时她们刚吃完烧饼,正在用手指头粘桌上的芝麻粒儿吃,于是小胖子便说:'我们每人留下一粒芝麻,埋到土里去,如果谁吵了架想绝交的话,谁就去把埋在土里的芝麻挖出来!''好!'小辫子立刻答应了。

"我要告诉你们,小胖子和小辫子之所以有这样的决心,因为她们俩一直是好朋友,同了四年班,从来没有打吵过,亲姐妹也不会有这么好吧?她们那年都刚刚十二岁,十二年的生命中,就能维持了三分之一——四年之久的友爱,实在是不容易啊!还有半年她们就要小学毕业了。但是当时她们并没有想到这些,她们只是觉得要好得很,觉得埋下两粒芝麻更可以表明她们的友爱多么坚固,她们这么想就这么做了,看这两个孩子多么天真可爱。"

"老师!哪一个是你小时候?小辫子还是矮胖子?"

呀!他们好机灵,就知道其中有一个是我,我也不隐瞒了,问他们:"你们猜猜看吧!"

"矮胖子，当然是那个剪了短头发的矮胖子。"

"为什么当然？"我也觉得有趣。

"因为你现在还是这样又矮又胖。"小淘气说的，他说话总要引起哄堂大笑才得意。

"不，老师讲过，她小时候梳辫子的。"有人提出抗议，这个学生的记性不坏，我笑了。

"老师，到底哪个是老师？"

"猜矮胖子的错了。我现在虽然又矮又胖，小时候可不一定胖呀！人人都不知道他们会变成什么样子，我在小时候看见胖子就想笑，从来没有想到有一天我会变成这样子的。"这是实在话。

"那么老师那时有多高？"他们喜欢问题外的话，我真想告诉他们我那时到底有多高，所以我的眼向台下众生看去，忽然发现坐在靠最左一行的叶明珠了，我立刻说：

"我想，我是像叶明珠那样高的。"

"小胖子呢？"

"小胖子嘛，"我略一犹豫，"她当然像胡慧喽！"坐在第三排的胡慧，一听是她，难为情地捂着脸笑了，其实胡慧并不怎样胖。

"芝麻的故事完了吗？老师再讲一个。"

"谁说我讲完了？是你们爱插嘴，问这问那的。"我说着从讲台上走下来。无论讲书或说话，我都喜欢在学生的行列中来回走着，当我要他们注意我的话的时候，我以为这样更有效。而且我把故事改用第一人称了，我说：

"这真是一件不幸的事，有一天我们居然为了一件事吵架不说话了，更使我难过的是，一直到毕业，我们都没有讲和。"

"老师，有没有去挖那两粒芝麻？"

"没有，我们并没有去挖那两粒芝麻。"

"你们不是起誓讲好的吗？"

"所以我现在要说，我们并不是真正地想绝交，要不然为什么不去挖芝麻呢？也就是说，友爱还一直存在我们俩的心中，所以没有人提出这项要求。"

"如果挖了的话呢？"

"如果去挖的话，"我苦笑着，"又怎能找出那两粒芝麻来呢！我们埋芝麻并不是为了有一天要去挖才埋的。"

"那当初又何必埋它呢？"

"因为——一切都为了友爱。我还记得当我们举行毕业典礼的时候,我忽然发觉小胖子的头发长长了。我真想告诉她,这样长的头发可以扎辫子了,因为她也想像我一样梳两条辫子,而且我也买了一副红缎带预备送给她,那副红缎带就在我的抽屉里搁了好几年。如果那天我追上去跟她说了话……"

"那该多么好!"孩子们为我叹惜。

"真的,那该多么好!可是更糟的是我们走出校门后,就没有机会再见面,因为我和她考取了不同的中学。再过不知多久,我就听说她回到广西原籍去了,从此天各一方,不要说见面,连消息都没了呢!我还记得,我知道她回老家的消息以后,不由得跑到母校的校园墙角边——那埋了两粒芝麻的地方,站着发了半天呆。我很后悔,也非常想念她。这种心情,一直到现在都没有改变,我从来没有想念过一个人,像想念小胖子那么厉害的!我也从来没有后悔过一件事,像失去小胖子那么后悔的!……"

"老师,你到底为了什么事跟小胖子不好的呢?"

"什么事,我早就忘记了。我想那是一件很小的事,那件事不会比芝麻更大,我能记住芝麻而忘记那事,可见它比芝麻还小。"

我边走边说,在学生行列中慢踱着,我的故事也就到此为止了。这时我正走到叶明珠的桌旁,停住了,我问她:

"叶明珠,你在想什么?"

"啊!老师,没有想什么。"明珠本来在发呆,听我一叫,她慌忙回答,脸也红了。

"你呢?胡慧!"我又转过脸,冲着坐在第三排的那个。胡慧不答我的话,却害羞地低下头,因为她知道了我的用意。

我把叶明珠和胡慧叫到讲台前面来,我使她们两个人的右手在我两手的夹叠中握住了,然后我说:

"还有一个月你们就毕业了,如果这时候我不为你们讲和,还有什么更好的机会吗?……今后你们无论到了什么年纪,什么地方,都不要忘记林老师曾给你们讲过的关于两粒芝麻和友爱的故事。"

教室中屏息无声,我向台下望去,四十多个学生,差不多一百只眼睛,都闪着友爱的光,他们也许不太懂这故事的真义,但却能领略。

傻孩子,
神经过敏,
完全在乱想!

玫瑰

被挤在社会新闻版的一个不引人注目的角落里,酒女玫瑰自杀是属于一条无关紧要的新闻。它只有豆腐干那么大,正像她生前所住的处于这大城市一角的那条陋巷,暗淡而无光彩,它今天被认为比它更重要的一条大新闻夺去了在这社会上的地位。一个酒女的自杀,不过是属于个人的利害,六个强盗白昼行劫才是有关整个社会的治安,所以六个抢劫犯同时被判死刑的消息,自然要重要过一个酒女的死了。

然而我的眼睛却落在这条小新闻上,久久未移,它在我的心中萦绕,使我感觉到闷气,我想挣脱这份感情的枷锁,便站起来,走向窗前。

拉开窗帘,外面很暗了,冬季的雨日,光明总是迅速地离去,斜雨、冷风,向我的脸上吹来。哗啦啦,我也听见窗外芭蕉被雨打的声音。不,有时候它不被雨打,也能发出这种声音来。有一个小孩从这花丛中经过,她每次总用手去乱弄那几株芭蕉,使它们发出声音,以便惊醒坐在窗前改课业的林老师。

这思念不由得使我探首窗外,其实在这暗淡的黄昏里,我能在芭蕉叶下找到什么?倒是我猛然抬头,又看见对面人家的那株高大的圣诞红了,圣诞节已经过去一个月,那枝干上的叶子也已落光,几片残红在支持着它的枝干,在那灰黑的天空下,真是单调。

"老师,像豆芽菜不?"我记起那个小孩曾向我这样形容过光秃的圣诞红枝子来着。

我住在这间屋子很久,整整六个年头。我改着学生的作业,认真地工作着,有一份很浓厚的教育者的抱负,我关心这一群幼小者,常常忘掉为他们身心所受的苦楚。我也发着奇想,想在他们之中找出一朵奇葩来,我要灌溉它,培植它,然后向社会贡献出我的成绩来。所以,我记得很清楚……

在那炎热的午后,一切都显得萎靡不振,人们懒洋洋地躲在亭子角乘凉,我却起劲地在中山北路轧马路,我的汗被毒日所暴晒,发出酸臭的气味,可是我仍找不到中山北路三段一百五十巷在什么地方，我试着翻回头去找二段、一段，以及类似的数目，耗费了整整一个星期日的下午，我终于带着落日的凉风回校了。

我很气愤，当我从教务处的学生住址册上发现曾秀惠的家是住在万华的桂林街时。

"这个会唱歌的女孩子，也很会撒谎。"我对教务主任说。

"但是她为什么对你撒这种谎，也许新搬了家，记不清地址名。"

"但愿如此，但是五年级的学生了，不应当这么糊涂。"

第二天上第一堂，我就把曾秀惠叫起来：

"你是说你住在中山北路三段一百五十巷六号吗？"

"是。"还有台湾口音，"是"是用"四"的发音说出来的。

"没有说错？"

她踌躇了一下，摇摇头，表示没有错。

"但是，"说谎的孩子，我要在众同学的面前揭发出来，"我昨天做家庭访问轮到你家，却找不到这地址！"

跟着曾秀惠哭了，我让她站着上一堂课，惩罚这撒谎的孩子。她既然常常迟到,当然怕家庭访问,她也许有一位容易光火的父亲也说不定。

我很认真,下一个星期日,我牺牲了早场电影,仍决定到曾公馆走一趟,从穿着看来,这孩子不是出身穷苦人家的。星期六临下课时,我先通知秀惠,用温和的口气,一个星期下来,她可爱的歌声和清秀的笔记,早使我心软了。

"是桂林街八十巷四十三号,这回没有错了吧?"

秀惠低下头,她害羞了,眼里有泪光。我想是那天我给她的当众惩罚太凶了,应当安慰安慰她,所以我又拍拍她的肩膀,开玩笑说:"老师不会吃掉你家里的人,放心吧!"

我这回很顺利地找到了,刚一敲门,秀惠就出来了,那情形像是一直在门里等着的。学生们听说老师要访问家庭,向来就是这么紧张的。

"妈妈在吗?"我问。

秀惠努力地点着头,往里面跑着叫:"阿姆!阿姆!林老师来了!"

随着那声音是一阵皮鞋响,走出来一位年轻的女郎,向我笑脸相迎,客气地请我坐。这位年轻的女郎是秀惠的母亲吗？我疑虑着，不敢贸然称呼，我看看站在一旁的秀惠，希望她能说明，但是她只傻呵呵地站着。年轻的女郎国语很好，也很会说话："秀惠不用功，老师请多指教！"

听那口气是个做母亲的口气，起码是她的监护者。我说秀惠是个聪明孩子，有响亮的歌喉，写一笔秀丽的字，只是……我最后把此来的目的告诉这位家长：秀惠常常迟到，我希望知道那原因。

"就应当早早起来。"她没有说明原因，可是严肃地把脸转向秀惠，申斥她。

向来见了学生家长要谈一些生活情况的，但是我看秀惠家的情形，进进出出的人，这位年轻的家长，以及这周围的气氛，我好像不便多问什么，便草草结束了这次访问，这是一次最简单的家庭访问。

此后过了不久，我有一个机会和秀惠单独谈话，我毫不经心地问，那天那位年轻的女郎是她的什么人。

"我的母亲。"

"生你的母亲？"

"不是，是养母。"

是养母，那也奇怪的，年纪轻轻的，就收养了这么个大女儿。我于是又问：

"爸爸呢？"

"嗯……"她犹豫着，最后终于说了，"我没有爸爸。"

"那么，"我觉得很难问，一时说不出，结果还是问下去，"那么你的母亲在做事？"

"她在夜百合。"她低下了头，轻轻地好像松了口气："我的祖母很厉害，只有三十五岁。"

秀惠更告诉我，她还有一位只有五十岁的曾祖母，她们四代同堂都是养母女的关系，养母常被祖母打嘴巴，如果她不肯去夜百合的话。她的养母只有十九岁，比她大八岁。

无限的同情，从我的心底升起，我实在应当早知道这小女孩的不幸遭遇，我抚摸着她的秀发说：

"人生的遭遇尽管不同，但努力读书，将来总有你光明的前途。懂吗？秀惠！"她展开了笑容，我知道我的热诚与同情，使她感到安慰也说不定。我又说："看到班上的林一雄吗？他爸爸踏三轮车；胡慧的妈妈给人烧饭做女工，一点儿也不丢人。职业并不能代表人格。"我出于同情，越说越深了，也不管她听懂了没有。

但是曾秀惠究竟和林一雄、胡慧不能比，我可以忍心看林一雄走上他爸爸的路子或者胡慧走上她妈妈的路子，却不忍心看曾秀惠有一天也在夜百合陪酒，然而我知道唯有秀惠最有危险走上这条路，她是专预备走这条路而被人收为养女的啊！台湾的养女制度！我深深地叹息着。

无论秀惠怎样谈论着她的家事，我却从来不敢做深一步的探问，问她将来是否也会像她的养母一样生活。我觉得不应当在她那纯洁的心灵上投下一块不洁的污迹，让她幻想着美丽的前途才对，甚至于我要帮她朝着理想的路上走。

但是，我也应当知道这并不是简单的事，当她的祖母因色衰而不能博得男人的欢心时，她的养母登场了，她们代代以此为生。这种生活可以使一个女人变得自私和狠毒，当秀惠的养母该走下坡的时候，秀惠正是含苞待放啊！

尽管我的班上有许多不正常家庭的子弟，但没有一个比秀惠更使我萦回于心的。在女人不幸的遭遇中，再没有比靠男人糟践而生活更令人不甘了。为了秀惠的前途，时常燃烧起我心中的一股正义之火，虽然我从来没有问起秀惠关于她的前途的事。直到两年过去，秀惠要毕业了，我才在调查升学人数时问起：

"秀惠，你预备升中学吗？"

"当然，老师。"

"你的母亲，不，你的祖母答应了？"我已经知道这家庭是祖母的天下，虽然现在陪酒赚男人钱的是她的母亲。

"祖母说，现在的女孩子应当多读书。"

"啊！真的？"我听了当然高兴，我以为她的祖母一定看穿了这种生活，再不忍心叫她的孙女也走这条路。这是很对的，我为秀惠庆幸，更为台湾养女制度庆幸，如果人人都肯这么做的话。

"你将要努力于哪一门？"我问这话似嫌过早，但是她却应声而答：

"声乐。老师。"

不错，那优美的歌喉早已闻名全校，同乐会上人们都不信一个小女孩会唱出那么成熟的声调来，她说她常听母亲唱，而且她不唱小孩子的歌，学的都是些流行歌曲，虽嫌庸俗，但终因她美丽的歌喉被原谅了。

秀惠已经进了中学，本不在我的辖管下了，但是一份互相了解的感情，没有因为实际的分离而隔阂。她经

常回母校找我，在这窗前的芭蕉树前，我看她一年年地长大。她像一只黄莺，时时在唱，我鼓励她，为培养她的美的人生，我不断把世界名著送进她的书包里，我听她唱，听她诉说。

有时我忙于批改课业，她便站在窗外轻声地唱，在芭蕉树前轻舞着。有时她唱到我的面前来，伏在我的桌上，停止了歌声，满脸泪痕：

"林老师，有一天我会去陪酒，站在一边唱给客人听吗？"

"傻孩子，神经过敏，完全在乱想！"我阻止她。

她也常常来信，天真地写着她的中学老师的笑话，写着我给她看的书籍后的感想，写着她的生活的发展。有一次她说祖母为她请了专教歌唱的教师。"老师！我的祖母为什么为我下这么大本钱？你明白吗？好，我不说了，我说了您就认为我神经病。反正我爱唱，我尽管唱下去就是了。"她在信中这么写着，我看了只觉得满心不舒服，我希望那真是祖母的一片慈爱之心，但是陋巷中的这份人家啊！我也不敢相信她的祖母会有真正高洁的思想。

"我发疯地爱着我的歌唱，我歌唱，忘掉痛苦。"

"当我心中感到有什么害怕时,我唱歌,并且想着老师——我想飞到您的身边,向您痛哭。"

屡次地,秀惠把悲伤的文字寄给我,我的鼓励简直敌不过她的哀伤。我甚至问她,需要我帮助她什么。

"您多多鼓励我,就是给我的最大帮助,给我增加一份勇气,面对这万恶的世界!"

我的孩子!秀惠才满十五岁,便对这世界言万恶是否嫌早了些呢!我读着她秀丽的字,所写出的不应当是十五岁的初中二年级学生的信,不觉泪眼模糊。我想她一定是遭遇到什么了,我记得收到这封信的前一个星期,秀惠还到学校来看我,从操场那边跑过来的时候,发育成熟的胸部因呼吸急促而颤动着,当她跑到我面前时,我不由得拉着她的手爱抚着,"我天天在看你长大!"我说。

她虽然只有十五岁,可是很早熟,看上去她成人了,不再是那撒娇的小女孩了。那么她的祖母可能……想到这儿,我的心万分沉重,急速给她回一封信,我说:"这世界并不可怕,只要你勇于面对它,必要时反抗它,直到你的胜利。"

此后的一段时期,没有了秀惠的消息,这是常有的事，常有时两三个月不见她，她会忙着考试呀、旅行呀，忙这忙那呀，她总会写信告诉我的。

有一天，秀惠的信来了，秀丽的字迹带着颤抖的声音，每一句打入我的心坎：

"老师，一个叫作玫瑰的姑娘，终于坐在'青岛'酒楼陪着客人喝酒唱歌了。老师！您不要鄙夷这个没出息的学生，有一段日子我想到怎样反抗，但是环境不容易，我暂时掉入泥淖中了。两三年来，祖母的热心培养，使我受了较高的教育和练习歌唱，下了大的本钱，可以捞回大的利息，这是她真正的意思。老师，我只要您仍常常鼓励我。"

我捧着这封信，想着几个月前从操场上跑过来的那个女学生。我应当紧紧地记住她那天的打扮、姿态，对于秀惠——我所喜爱的学生，那是可纪念的一个装束。在那以后，我如果再见到秀惠，不，应当是玫瑰，就是一个新的躯壳了。但我了解她，在那躯壳中的灵魂是不易变的。所以我给她写了第一封转变生活后的信，我在信里说：

"无论你陪客人喝多少酒，你的灵魂总是纯洁的！"

没人知道我的生日，我寂寞地改着学生作业，预备中午一个人到河北人开的小店吃一碗面，给自己添添寿。这时工友拿来了一束荷花和一大盒寿糕，还有一封信，秀惠写来的：

"老师，我记得您说过，荷花的生日也是您的生日，我是无意中查到这个日子的。送上了我的祝福，但是我自己却没有来，旧日的生活会占据了我整个的心情，并且恶化，所以我不愿看见母校。"

我咬着秀惠送来的寿糕当午饭，翻开了照相簿，找到她在小学毕业的相片，我注目而视，心中充满了对人世的迷茫，咽下去的蛋糕，堵塞着，一闭眼，眼泪便流下来了。

我也一直没有企图和秀惠见面，我想象不出，改变了生活以后的秀惠是什么样子，我也不愿去仔细琢磨。我一想到秀惠，总是那柔美的、短发的女孩子站在我的面前。

我们以书信维系着彼此的距离，我时常鼓励她，并想以精神的力量拯救她拔出泥淖。她的信有时很悲观，有一次她在信中说：

"如果我死了，您要写一篇养女的故事，告诉人们，生生世世不要做人家的养女。"

我渐渐感觉到那秀丽笔迹下的文字是愈来愈进步了,但那悲观的成分也是正比例地进展着。我有些后悔给了她太多的书读,使她对于是非的辨别太清楚;给了她太多没有办法实现的鼓励,这鼓励对她又有何益?倒不如糊里糊涂地做着物质享受的奴隶,这样不就可以减少痛苦吗?我不应当时时刺激她,而又没有实际办法助她拔出泥淖。

我是因了觉悟而渐渐使信讯疏远,我在信上不再做积极性的刺激了。我有时淡淡地而也正经地写着:

"你也不要太悲观,客人中也不是全坏的,遇到好的你可以跟他结婚,幸福的家庭生活对你也并非绝望。"

有一阵子我们没有通信了,我又在一位熟悉酒女情形的族叔口里听到秀惠的消息。族叔说:

"你那学生呀,真了不起,是'青岛'的第一号台柱了。她真会喝酒,和男人耍起来也够瞧的,听说已经赚下了两栋房子啰!"

我听见一方面觉得难过,一方面又觉得释然。想到那样一个纯美的女孩子,怎么会落得酒楼陪客,任人蹂躏。但想到她终能适应这种生活,未尝不是她的福气。生活会慢慢习惯的,金钱也可以收买灵魂,我这么想。

实际上,"青岛"酒楼是我常经过的地方,我每次看完电影等公共汽车回校时,便是站在"青岛"的对面。悠扬的音乐,隐隐可以听到的歌声,加上杂乱的划拳声,和人影幢幢的楼窗,等车的人似乎不会寂寞或焦躁于二十分钟才驶过来的车辆。每一次仰头望着对面楼窗,都使我与别的等车人有异样的感觉:想到楼上有一个善歌善饮的女郎和我的关系,想到我给她的教育,想到她那忧伤的句子,想到歌声泪痕下的纯洁灵魂,想到我们始终未见面,而我竟站得离她这么近,她推开楼窗就可以看到我……

许久没有接到秀惠的信,我的心反而平静了许多,再没有什么痛苦的呼声压迫我了。对整个教育来讲,我是失败的,我既未能以教育的力量去拯救她,又何必灌输给她那样多对人的是非认识?

她今年十七岁了,我忽然发着奇想,可以领个小养女了,凑成五世同堂的养女之家,把那小女孩送到我的学校来吧,我不会再那样教育她了,请放心吧!

圣诞节前,我收到秀惠寄来的一张讲究的圣诞卡,是特制的,上面没有天竺豆或圣诞红,却意外地画着一束玫瑰。我发现那画图的人疏忽了,竟忘记在玫瑰枝上画刺,我心里念着:啊,没有刺的玫瑰是会被人随便摘去的!

正当我认为秀惠选择了她所投降的道路是不错的,惭愧于我的教育是多余时,风雨交加的黄昏,使我读到这条不引人注意的新闻,而新闻上只简单地说:一个十七岁的叫作玫瑰的酒女因厌世而自杀,在她的身旁扔着一张似乎算是遗书的字条,那上面写着:"无论我陪客人喝多少酒,我的灵魂是纯洁的。"

雨停了,风却吹着芭蕉哗哗响。我关上窗,奔到床铺上躺下去,我没有开灯,只啜泣着……

萝卜干的滋味

林老师：

　　请您原谅一个终日忙于家事的主妇，她以这封信代替了本应亲往拜访的礼貌。

　　写信的动机是由于小儿振亚饭盒里的一块萝卜干，我简单地讲给您听。

　　这件事发生已有多久，我不知道，我发现刚才有三天。三天前，我初次发现振亚带回的饭盒中有一块萝卜干时，并未惊奇，我以为那是午饭时同学们互尝菜味所交换来的。但当第二天饭盒的残羹中又是干巴巴的萝卜干时，不免使我怀疑，因而仔细看了两眼，这才发现垫在萝卜干底下的，是一小堆粗糙的在来米①剩饭，我们家

---

① 籼米——编者注。

向来是吃经过加工碾拣的蓬莱米①的,因此我知道这里面一定有了缘故。同时我又发现这个虽然相同的铝制饭盒,究竟还有不同之处,我们的饭盒,盒盖边沿曾被我在洗刷时不慎压凹了一小处。这个饭盒,连同里面的饭菜,显然不是振亚早晨所带去的。但是我没有对振亚说什么。第三天,就是昨天早上,我装进饭盒里的有一块炸排骨肉,我有意在等待这事的发展。果然振亚带回的饭盒中,没有啃剩的骨头,却换来了——仍是干瘪的萝卜干。而且奇怪的是,我们自己的饭盒又换回来了。

  我相信这不是偶然的错误,而是有计划的策谋,有人在干着"偷天换日"的勾当,这是出于某一个人的行动,他所作所为,无非是想攫取我儿的营养,怎不教做母亲的我痛心!

  林老师!您或许知道,我们并非富有之家,我的丈夫靠菲薄的薪资养活一家,因此在每天给他们父子俩的饭盒里,无论装入的是一块排骨肉,一个鸡蛋,或者一只鸡腿,我都会想到来处不易。它是为了丈夫的辛勤,儿子的发育,我的节俭,才勉强做到的。所以我不客气

---

① 粳米——编者注。

地跟您说，我们是禁不起这样被人偷取的。我们不是富有人家，我再对您说一遍。

我也知道，在您的教育之下，是不可能使人相信有这类的事发生的，但事实摆在这里，又有什么办法。为了我儿的营养，我只好求您费费心，查明是哪个"偷天换日"的聪明孩子干的。萝卜干偶然吃一次是香的，但是天天吃，顿顿吃，您想想是什么滋味？怪不得那个孩子想出这样巧妙的办法，那臭烘烘的萝卜干味道，他早就吃够了！

为了给您一个调查的方便，我要告诉您，今天早上当着振亚的面，我在饭盒里装进了一个大肉丸子，您可以看看，到底是哪个今天要倒霉的孩子在吃这个大肉丸子。

敬祝

教安

朱夏荔嫒上

朱太太：

工友送进您的来信时，我刚在饭厅里坐定，四十多个孩子正窸窸窣窣地吃着各人的午饭，我却停箸展读来函。我以怀疑的心情打开您的信，却以快乐的心情读完它，现在我以无比轻松的心情写信给您，同时告诉您，我捉到那"贼"了，您所说的，那个"偷天换日"的聪明孩子被我捉到了。我纳闷了三天不能猜透的事情，因为您的来信而获解决了，怎不教我轻松愉快呢！就是在我执笔给您写信的这当时，激动的情绪仍持续着，因为有一张真挚可爱的小面庞深印于我的心版上，为了这些纯真的孩子，我也愿意终生献身于儿童教育。

　　我先告诉您三天来的情形，再讲我怎样捉到那小贼。这里吃饭的情形，您或许早已知道，孩子们每天早晨到学校后，便先把各人的饭盒送到厨房去，交给大师傅老赵，他便放进大蒸笼里。午间各人到厨房去取了蒸热的饭盒，厨房旁边是一间大饭厅，大家都在那里吃午饭。我不例外，一向是陪着孩子们一同吃的。

　　三天前的午饭时，当我正举箸，刘毅军站起来了，他说："老师，有人拿错了我的饭盒，这……这不是我的。"我抬头望去，可不是，饭盒打开来，横躺在热腾腾的蓬莱白米饭上的，是一只香喷喷的红烧鸡腿，知道那确不会是刘毅军的。我便对同学们说："是谁拿错了饭盒？是谁带了有鸡腿的饭盒？"

等了几分钟,也没有人来认换,也难怪,饭盒的大小样式几乎都是相同的,而且家里给装了什么菜孩子们也知道的不多。既然没有人来认领,只好叫刘毅军吃了再说。毅军吃着鸡腿津津有味,十分高兴,不是我看不起刘毅军,无父的孤儿,靠寡母穿针引线替人缝补度日,如果不是有人拿错了,他哪摸着鸡腿吃呀!

可是第二天,同样的情形又发生了,我也不免奇怪,这是怎么一回事?当刘毅军打开饭盒,又惊奇地喊着有人拿错了的时候,同学们都停下筷子转向毅军的面前看,今天换了,是一块炸排骨肉。我问毅军自己带的是什么菜,他很难为情地说:"只有一些萝卜干,老师!"

我向同学们说:"看看谁拿错了饭盒,炸排骨换萝卜干可不上算!"同学们听了哗然大笑,却仍无人来认领。我虽也觉得有趣好笑,却不免纳闷起来。刘毅军也以想不通的样子吃下了这顿排骨饭。

今天,当我们正为那个像小皮球大的肉丸惊疑时,您的信来了。我在未打开信时曾对毅军开玩笑说:"这是上帝的旨意,你吃吧!"因为他和他的母亲都是基督徒,是宗教的信仰,才使他们安于吃萝卜干的命运吗?

说到萝卜干,我实在还应当把一些情形说给您听:

刘毅军的母亲，在我去做家庭访问的时候，她并不避穷，很坦白地对我说，一日三餐的筹措，是如何艰难，所以，她要我善为教育她的独子毅军。在这一点，毅军倒从未使人失望。当毅军的母亲和我畅谈家常的时候，她家的院子里，正晾着一篮篮的萝卜干。指着那些被尘土吹满的萝卜片，她对我说："老师您看，我晾了这许多萝卜，可也不是花钱买来的，附近有一家菜园，种了许多萝卜，当人家收成拔萝卜的时候，我就赶了去，把人家扔掉不要的萝卜头，萝卜根，坏了心的，脱了皮的，统统拾了来。我再挑拣一遍，晒晒腌腌，可以够我们娘儿俩吃些日子的。"

朱太太，您问我萝卜干吃多了是什么滋味，我想毅军的母亲吃着它的时候，当觉其味无限辛酸。就是毅军，在他长大以后，回忆起他嚼萝卜干的童年时代，也该有不少的感触。如果有一天，他能读到明朝三峰主人为他的朋友洪自诚所著《菜根谭》写的序中的"……谭以菜根名，固自清苦历练中来，亦自栽培灌溉里得，其颠顿风波，备尝险阻可想……"这几句话时，他会觉得，当年所嚼的萝卜干，实有一种"真味"。

我跟您扯得太远了，让我们再回到饭厅里去。我读

完您的信，停箸良久不能自已。我草草吃完饭，顺着饭厅巡视一番。走到那个圆圆红红小脸蛋儿的孩子面前，我停下了，这孩子抬头看见了我，有点做"贼"心虚，急忙用筷子把饭盒里的萝卜干塞到在来米饭底下。我却在他旁边的空位子上坐下来，侧着头在他耳旁悄声问说："萝卜干的滋味怎么样？"他先是一惊，随后竟装着若无其事地回答我："很甜，老师！"

很甜！我站起身来，回味着他这句话，想着您的来信，不由得抿嘴笑着走出饭厅，可是立刻后面响起了小碎跑步声，有人跟出来了，"林老师！"我回头站定，是小红圆脸，他气喘喘地跑到我面前，"老师不要讲出去吧，刘毅军的家里实在很穷，他天天吃白饭配萝卜干，所以……"

我的个子已经很矮，站在我面前的这个小男孩还比我低半头！他的胸襟却是如此辽阔无边！

写到这儿，您已经全部明了了吧？您要我调查的那个"偷天换日"的孩子，我捉到了，正是令郎朱振亚自己！

我当时点头示意答应了振亚的请求，见他结实的小身影走回饭厅，我才无限激动地回到自己的房里来。我一边用毛巾擦脸一边想,这萝卜干到底是什么滋味?它实在是包含着人生的各种滋味,要看什么人在什么境遇下吃它。

我又想,善良的本性,虽在如此纷乱丑恶的人间,却并未从我们的第二代失去,这是多么令人喜悦的事情。

我不断地用毛巾擦着,想着,擦了这么久才发现,我没有在擦油嘴,却擦的是眼睛。哟!真奇怪!我原是满心的高兴,为何却流泪?

当您看完了这封信,打算怎样处理这件事呢?您会原谅"偷天换日"的孩子吗?我倒要为我的学生向您求情了!

此复并祝

快乐

林××上

哗啦啦啦!

哈哈哈!

要来买糖的就是她……

穷汉养娇儿

我正在整理一些零乱的笔记,是看书的时候随手写在活页本子上的。随便抽出一页看,碰到了下面自己所记下的句子:

>我读了《罪与罚》作者陀思妥耶夫斯基的书信。那时他十六岁,在圣彼得堡工科学校读书,经济非常困难。他写信给他的父亲说:"我亲爱的父亲,当你的儿子向你要钱的时候,你总该想到他如果没有必要时,决不会烦扰你的,因为我知道你很困难,所以我平常连茶都不饮。"他又写信给弟弟说:"我因为饥寒交迫,在路上生了病,一天大雨落下来,我们都在露天下立着,我身上连喝一口茶的钱都没有。"

我读了这段小小的笔记，很快地便把它和我在今天下午所批改的吕长波的作文本联想到一起了。其实这两者有什么关系呢？难道是因为吕长波也有个哥哥在读工科吗？或者是触及"父亲"和"贫穷"这类的字眼儿了呢？

我因此又联想到一个问题！为什么人类往往在困苦中才能产生更多感人的事情？还是因为我的感情脆弱，随便一个微不足道的小人物的小举动，都能使我情感激动？但无论如何，我不会忘记关于那老书记和他的儿子们的故事。

是在上学期末快要期考的时候。我发现许多天来，孩子们都在迷恋于一种奇怪的游戏，下课后的操场上充满了一片不搭调的歌声和一些莫名其妙的姿态，而吕长波似乎是个中能手，他闹得比谁都欢跃。

我从教员休息室望过去，那为首的吕长波，是怎样的一副怪相呀！一个兜在网子里的篮球挂在后腰带上，刚好垂在屁股上，有规律地一步一扭腰肢，两只手时而伸向后面，拍打几下篮球，时而高举摇晃，嘴里"哗啦啦哗啦啦"地叫喊，还有一些怪词句跟在后面。别的孩子也都这样做,有的把书包背在身后打,有的什么都没有,光在拍着自己的屁股。我不明白为什么他们热衷于这个游戏,歌调既不悦耳,姿势也不美妙,或许只是因为一种有节奏的单调的运动,使他们感觉有趣吗?

这样的情形继续了许多天以后,有一天我终于走到他们那群人中:

"这到底是怎么一回事?"我指着吕长波身后挂着的篮球问。

"卖药的一人乐队,老师。后面假装是一个大鼓。"

"哪儿学来的?"

"是他,黎明亮教我的。"

"那念念叨叨的歌词儿,都是些什么话?"我知道这一定是从街头上卖野药那里学来的,我生怕粗鄙的歌词无益于儿童。

"不太清楚,老师,黎明亮学不来,他就会哗啦啦啦一句。"

这时黎明亮也过来了,他还以为我对这卖野药的也发生了兴趣呢,他对吕长波说:

"我叫你下了课到我家,你偏不嘛,那一人乐队差不多每天六七点钟便到我们家那一带,他唱的那些话,你一定全学得来的。"

"可是那不行呀！"这老书记的淘气的儿子似觉不胜遗憾，"你知道我如果过了六点钟还不回去，爸爸就要到车站来望我。他会连饭都不肯吃地等着我。"

这确实不错，我知道吕长波家住板桥的乡下，有一次他说过因为散学后贪玩了一会儿，害得他爸爸在车站等到天黑，从此他再也不敢迟归了。在这一点上，淘气的孩子倒还差强人意。

上课铃响了，我不得不绷起面孔来说："要期考了，长波，你真是只想对付着及格就满意了么？"吕长波这孩子，天真快乐、无忧无虑虽是他性格上的优点，但对于功课只对付能及格就够了的观念，可真要不得。

暑假来了，看不见孩子们淘气，操场上倒真显得一片空荡，只留下几班投考中学的六年级学生还在埋头苦苦地补习。校长认为我独身清闲，也派了我担任其中某一班的算术，真感到责任重大。

在昏昏欲睡的夏日午后学习算题，实在不是好办法，我看他们被逆水行舟，鸡兔同笼，父子年龄搅得紧锁眉头，龇牙咧嘴、咬铅笔、搔脑袋，满脸怪相！

"好了，"我看离下课只有十几分钟了，"大家把功课收拾起来吧,闭上眼睛让脑子休息休息,什么也不要想。"

孩子们一听好高兴,立刻把书本塞进书包里,背向椅后一靠,闭上了眼睛。

我也一样闭上了眼睛,让脑子澄清,一无所有。但一切过往都澄了,似乎又从那远远的地方来了一队新的什么东西,向我已经空洞了的脑子里走,是一些声音,仿佛在哪儿听过,我不禁睁开了眼睛,只见讲台下的几十双眼睛也早就瞪得好大了。他们的眼神是惊疑、恍悟,终于兴奋地拉长嘴角笑了。

"是哗啦啦啦!"其中一个轻轻地说。

"一人乐队!"又一个说。

夏日午后的困神被驱除得无影无踪,各个伸长了脖子在倾听,我知道他们准备在下课铃一响就往外跑。如果我不是身为师长,又何尝没有这种企图!因为许久以来我就要研究它为何如此使孩子们着迷。

然而为了压制孩子们浮躁的性情,我装着没发生什么,一直耗到下课铃响,才放他们出去。

那复杂的乐声越来越近,无疑地是停在校门口了。我也慢慢地做出漫不经心的样子,向校门外走去,我听出那些乐器似乎包括有大鼓、小锣、响鼓、钹，还有一种沙哑而在挣扎嘶喊的嗓子，那嗓音听来就知道，决不是属于年轻人的。

学生和行人，层层地把这乐队围住了，等我挤进了人圈一看，眼前的景色不免使我一惊，所谓复杂的乐声，原来只出于一人的操纵，怪不得孩子们管那叫一人乐队。要形容这一人乐队，可也不是三言两语说得完的，因为他全身的牵挂是这么沉重呀！

我首先注意的是乐队的组织，一面大鼓直背在背后，两面都可以敲打，但是他右手拿了响鼓，左手举着一把广告伞，锣鼓齐鸣，又从何下手呢？原来第三、第四只手是从后裤袋里伸出来的，那只是两根棒，机关很巧妙，我现在想起孩子们学的那一走一扭的姿态来了。因为打鼓的木棒虽从裤袋伸出来，却有一根绳子绑着从裤袋直通脚跟，他每走一步，便牵扯到木棒打下鼓，如果他扭动腰肢，因了臀部的推动，木棒的击点却又移到两面鼓上另装着的锣和钹上了。所以扭一步，这边是锣和鼓，当咚！再扭一步，那边是钹和鼓，呛咚！再加上他手上一面不断摇晃的响鼓，和不停口的哑嗓门儿，呛咚！呛咚！哗啦啦啦，可不是一人乐队么！

我再顺着他脚底下往上看：一双旧胶鞋，不算稀奇，一身五颜六色碎花布缝成的百家衣才有趣，那涂得像花狗屁股的一张脸，却套着一个橡皮的大鼻子，唉！还向来宾脱帽鞠躬呢！落日的红光照在那光秃秃的头顶上，十分滑稽。我听身后看热闹的京油子说："老灯泡儿有六十了吧！真耍一气！"

是被他听见了么？只见他扭着步，摇晃着响鼓，向我们这边走来，冲着京油子就数叨上了：

哗啦啦啦！刷刷刷！
这位先生你眼光真不差！
老汉不算大，
六十不到五十八，
儿要读书老子耍，
走遍了天涯——
卖糖卖药也卖茶！
哗啦啦啦，哗啦啦啦！

于是，他又支开了那把特制的黄布伞，伞上印了圈大字："胖娃娃牌泡泡糖"。接着他又扯开了嘶哑的嗓子：

> 哗啦啦啦！全来吧就全来吧，
> 全来买一块钱的胖娃娃。
> 这位先生说得真叫妙，
> 我灯泡儿虽老，牌子可好，
> 请诸君一尝就知道。
> 哗啦啦啦！全来吧！

他唱到灯泡儿的时候，又摘下那顶古怪的帽子低下头显示给人看，围着看热闹的观众都满意地笑了，他的泡泡糖也卖掉了不少。我虽然在学生的面前极力使自己不笑出来，却也满心轻松。我欣赏他那临时编纂出来的词句，竟能把观众带进去。自来丑角都有过人的智慧，慈善的心肠，他把自己的快乐给世人分享，……我心里不由这么想着。

"哗啦啦啦！哗啦啦啦！"

我又发现孩子们每逢到哗啦啦啦的时候，都也跟着唱，身体摇晃着，随着那有节奏的扭步。但我也觉得我以老师的身份站在这里，实在不宜过久，不过我可也没意思把孩子们也赶走，让他们轻松一下吧。老头子卖泡泡糖的对象本来就是孩子，好在他的歌词虽俗浅尚无粗鄙之处，而且还真有几分亲切的人情味呢！

第二天，他仍顺利地演出，第三天却引起了校长的注意，她要我陪着出去看看，看她满脸嫌恶和烦躁，我知道，老头子有一顿排头好吃了。

哗啦啦啦！哈哈哈！要来买糖的就是她……

就在我们刚刚挤进人圈的时候，一堆胖娃娃牌的泡泡糖放在响鼓上，正好配着歌词送到校长的面前，出其不意地，校长竟绷着脸朝前一推，老头子停止了那数来宝的调子，也不免稍稍一惊。

"喂！老头子！这是学校，可不是杂耍场！没看见那边的牌子吗？每天都在我们的学生上课时跑来又吵又闹，卖些欺骗小孩子的东西。走吧，走吧！"

老头子故意以滑稽的样子做出立正倾听训词状，等校长训完了，他不慌不忙地又哗啦啦啦起来了：

哗啦啦啦！哗啦啦啦！
校长校长你别恼，

老头子我马上就走了,
我卖糖,我卖药,
我卖的价钱都公道——是货又好,
校长请原谅我多吵闹,
只为的是家中妻弱儿又小!
…………

严肃的校长并没被幽默的歌词所软化,她拍拍我的肩头说:"林老师,交给你办了,把他赶走,妨碍学校秩序。"干脆的声音随着她的快步而去。

兴高采烈的情绪,被校长打破了,观众索然,我负了赶走他的责任,也觉十分无趣。我想了想,便指着校墙的尽头对老头子说:"看见没有,只要走过那道墙,就不属于学校的范围了。"

他脱帽鞠躬,收拾全套的装备,举起广告伞,摇着响鼓,向还在恋恋不舍追随他的观众,边走,边扭,边敲打,边数唱:

哗啦啦啦!全跟着我走呀走,
卖糖卖药我何曾欺过童与叟,

校长出言好叫人难受,
别让我老头子还在这儿丢丑!
这位老师指点了我一手,
走呀走,往前瞅,
过了这道墙,校长就不能跟我吼!
…………

看那吃力的扭动,博得行人的喝彩,我心中忽然兴起了无限的怜悯之情,我发现每次的歌词虽然是以欢乐的声调唱出,但在冥冥中似也含着人世的悲凉。这老者,他有心事么?歌唱声和人影渐行渐远,转过学校的墙角,随着黄昏一道消失了,我还痴立在被晚风吹拂而大摇其头的椰树下,呆呆地想。

应该是感觉漫长的暑假,却在忙碌中溜过去了。

开学了,毕业了一群,考入了一群,气象虽一新,但一迎一送,却也令人有些惆怅的感觉。现在我这一班升为毕业班了,这一年我们将时时在紧张中。可是孩子们似乎还没有收敛下心来读书,是暑假玩野了。而且不知是谁又起了头,那一人乐队的玩意儿,又在操场上盛行了。

我虽然同情那老头子,却也很烦恼孩子们为这玩意儿分散了他们用功的心，因为吕长波、黎明亮这几个贪玩的孩子，竟醉心于编写那种数来宝的歌词了，这怎么了得！我暗暗叫苦，是毕业班哪！

校长也注意到了，不用说，她开头就讨厌那老头子，当然更讨厌孩子们拿这当游戏。她主张我应当到那几个淘气的学生家里走一趟，请家长和老师合作督促孩子们的功课。

一次家庭访问，是必要的。

小桥，流水，人家，我在离板桥镇不远的乡下，找到了那小树旁的人家。——吕长波正在门前张望，看见了我，他意外地吃惊和高兴，他说他原是在望爸爸的，没想到爸爸没回来，老师倒来了。

"爸爸不在家吗？"我很失望。

"他会回来的，爸爸这几个月很忙，常常加班。"

"那么现在是你等爸爸，而不是爸爸等你喽！"我一面跟着走进他的家，一面玩笑说。

在吕长波母亲的热心招待下，我们谈了一些家常。生活是艰苦的，但这种年月靠薪水吃饭的公务员谁也不例外，难得的是这一家人和睦快乐，孩子们念书不用大人操心，是吕太太最引以为慰的事。我信这话，但是我今天此来的目的是预备在婉和的谈话中给吕长波告一状呢！告他在学校如何贪玩，编那些无聊的歌词，学这学那，全是淘气的事，要请家长注意。

这时外面有人推门进来了，吕太太说："回来了。"是加班的老书记回来了。

可不是，一身黄咔叽布的中山装，左胸前别着市政府的徽章，年纪真不小了，满面是经历风霜的痕迹，还有已经光光的秃头，"呀！"我不觉轻轻地惊叫了一声，这秃头——我对他似曾相识！他就是，就是……

这样的一次晤面，是真够尴尬的，我不得不装作初认识，他也让茶让烟，企图掩饰这尴尬的场面，我把来时所准备要谈的话，吞回肚子里一大半，我想尽速地告辞，也许能使主客更舒服些。

二十分钟的回程公路车上，我没想别的，光是那哗啦啦啦的声音在我脑子里作怪，一下子操场上，一下子校门边。老书记是个适于在小说里出现的神秘人物吗？还是个应当让心理学家研究的变态人物？什么理由使他组织一个一人乐队？家人都不知道吗？"这几个月爸爸常加班。"我把吕长波的这句话和黄昏后大道旁的一人乐队演奏连到一起，不禁暗笑了。

第二天绝早,一人乐队在学校的会客室里了。他见了我首先就难为情地说:

"让您见笑了,林老师。"

我明白他所指的是我已经知道关于他的事了,我也只好说:

"我真佩服吕先生的技术——不,艺术。"

"是我不自量,凭我个老书记——一个市政府的雇员待遇,还配叫各个儿子受高等教育吗?所以,我也就不得不——您看,就想了这么个赚钱的法儿,在老师面前多丢丑了!"他讷讷地说,完全不是那油腔滑舌的丑角了。

"哪儿的话!"我不知道应当怎样措词才合适,现在我才明白,他既不是行动神秘的人物,也不是心理变态的老头子,他是一个正常而正当的好父亲。不过,我想到一点,听说吕长波的两个哥哥同时考取了工专,这固然是可喜的事,但他们应当认识今天的青年是处在什么时代了,所以我不禁说:"其实让他们找个送报的差使什么的,半工半读,不也可以吗?何必您这么——"

"穷汉养娇儿,北方的一句俗话您总该知道。托生给没本事的爸爸当儿子,念书也够苦了,天天带着盒冷饭，风里去雨里来的，我还要他们苦上加苦么？我舍不得！您不知道他们的书念得多好呢！"他一边说着，一边咧嘴笑了，虽然面部这么一牵动，多皱的地方更皱了，眼里却放着喜悦的光。说到儿子就这么高兴么？

"那只是苦了您自己。"我想起大太阳底下全身披挂的一人乐队。

"我算得了什么！只要他们能高高兴兴地念书，我又算得了什么！"接着他又放低了声音对我说，"可是，人心都是肉长的，他们要是知道做老子的为他们干这个，心里也不好受，所以我瞒着。可是，这回可瞒不了您……"

我明白这是他一大早跑来的最大原因，我赶快接着说："这事就只您知道我知道，别人也用不着知道，您说是不是？"

他满意地笑了，这才起身告辞。我看着他的背影走出会客室，上升的朝阳刚好照在他的秃顶上。"啊！"我连忙叫住他，"吕先生，您的帽子。"他遗忘在会客的长椅上了。穷汉养娇儿，这一天我把这句话想了好几遍，我想，人间的亲子之爱有多少种？穷汉养娇儿是很出色的一种。

操场上那一阵热潮已成过去,再也听不到、看不到那怪声怪样了,可是我有时也不免想,那老书记的"加班"究竟到何时为止?想不到今天却在吕长波的作文本中,得到了答案。就在我出的《记一件快乐的事》的作文题目下,他写了这么一篇东西:

　　爸爸得到了一笔奖金,这是我家自从大哥、二哥考取工专以后的又一件顶顶快乐的事情。爸爸得了这笔奖金,是他勤劳的结果,爸爸从来不请假或迟到,而且还努力地加班工作,所以他的长官给了他一笔奖金。

　　我们更快乐的事情是有了这笔奖金,我们大家所希望的东西都达到目的了。大哥和二哥念机械,需要画图的仪器和计算尺,他们都得到了,以后不必再向人借,那东西的价钱好贵呀,去掉爸爸奖金的一大半。我也得了一件雨衣和一个篮球。我们都很快乐,很骄傲。爸爸暂时不用再加班了,他说他该休息休息了。

我看完不由得在文后批了几个字："为使努力加班的爸爸更快乐，惟有用功读书。"但是，他能懂得这句话里所包含的真正意义吗？

爸爸不在家

我最恨莉莉!

莉莉和她爸爸每天路过我家门前的时候,总要问我:"阿梅,你爸爸还没有回来吗?"然后还得意地看着他爸爸,娇媚地笑!见鬼,她的爸爸生得这样难看,又矮,又红,又胖!可是她爸爸的手,那胖胖的手,总是领着莉莉,带她逛呀逛的,逛到天黑才回家去吃饭。我听见他们唱歌的声音远远地传来,便赶快离开窗口,我不愿意,也不喜欢听见莉莉每次说那样的话:

"爸爸,阿梅家的灯已经灭了,这样早就睡觉了!"

我很怕看见莉莉,但是凭什么我要怕她呢?我的功课比她好,我的爸爸也比她的爸爸好看得多,爸爸也有一双又大又厚的手,可是,可是爸爸他……

妈妈又在哭,每次都是这样,不出声的,眼泪一滴一滴地掉在手中的活计上。这个冬天她的毛衣织得太多太多了，每件毛衣都不知道给人家滴上多少眼泪，然后用熨斗把毛衣熨得平平的，眼泪的痕迹一点儿也看不出来，人家都夸奖妈妈的手工好，我常常在想，妈妈的毛衣是用眼泪织成的，一针一针的，也一滴一滴的。

爸爸昨天回来了，可是妈妈不高兴，爸爸也不高兴。妈妈冷冷地问："在家吃饭吗？"爸爸也冷冷地回答说："也好。"我们吃饭好像鱼喝水——一点儿声音都没有！

我想告诉爸爸，我这学期又考了第一名，可是我觉得说出来又有什么意思。张小芳考第十二名，她的爸爸还给她买了一件新外衣呢！我并不是希望爸爸也给我买什么东西，我什么东西都不打算要爸爸买，妈妈样样都会给我预备好，我只是想……唉，屋里为什么这样冷静啊！

吃过饭，妈妈在厨房刷洗，我便拿出功课来做，我总是做功课，做功课，做不完的功课！爸爸坐在沙发上吸烟，向着电灯吐烟圈儿。莉莉的爸爸也会这样，每次莉莉都是哈哈笑着去撩那圈儿。我很想在这个时候告诉爸爸我考第一的事情，可是爸爸刚好站起来了，拿起帽子，他说：

"阿梅，来给我关门。"

我在门口望着爸爸走到看不见影子才回来，他怎么连问都不问呢？像天黑以后，莉莉的爸爸总要说："莉莉，小心走，前面有水，来，爸爸领着你！"难道我阿梅就不怕黑吗？就应当一个人走回屋里去吗？但是爸爸呢？他一个人要走到什么地方去？在这样黑，这样湿，这样的毛毛雨里？

妈妈已经坐在爸爸刚才坐过的地方，又织上毛衣了，她说："阿梅，衣服都淋湿了，换一件吧！"妈妈和爸爸比较起来，妈妈好像更爱护我。可是我们原来并不这样的呀，是从什么时候起，才这样的呢？

那时候，好像是昨天，又好像是好久以前，我记不清了，爸爸和妈妈常常是这样对坐着，我骑在爸爸大腿上。他吸一大口烟，腮帮子鼓鼓的，然后一面拿起我的手，一面指指腮帮子，于是我就拳起两手，在他的大嘴巴子上一捶一捶的，爸爸嘴里的烟就噗，噗，噗地喷出来了，一直喷到没有烟，我们就笑——爸爸、妈妈和我。屋里充满了说声，笑声，烟气，灯光，多暖和呀，多快活呀！

有一天夜里我被吵醒，妈妈坐在床沿哭，有声音的哭，不像现在这样。爸爸手托着腮，吸着烟，他说：

"我慢慢地离开她好了！"

妈妈哭得更凶。

我很害怕，我说：

"妈妈，来睡觉。"她没有理我。

以后这种事情常常发生，看惯了不觉得害怕，只是我们那些欢乐的日子从此消失，妈妈和爸爸不再说笑。从那件事以后，妈妈更难得有笑容。

爸爸渐渐很少回家，无论什么人来找，总是赶上"爸爸不在家"，我现在很怕说这句话，我又不得不说。

我现在也不喜欢到莉莉或小芳家去，莉莉的母亲见了我总要问："阿梅你爸爸在家吗？"

"爸爸不在家！"

到张小芳家也是，张伯母做出一副怪样子："嘿，阿梅，你爸爸又几天不回家啦？"

"不知道。"

我要回家，立刻回家。我受不了，我要问妈妈，为什么"爸爸不在家"？为什么她不把爸爸留在家里？

可是，妈妈又一个人坐在漆黑的屋子里，也不捻开灯。"妈！"我倒在她的怀里，仰起头来，我要告诉她那些话。

"什么事?"妈妈问我,接着一滴热泪滴在我的嘴边。"我饿了!"不知道为什么,我说不出来了。

每天每天,在光明离开我们之前的最后时刻,我总要坐在窗口眼看着它离去。我将要告诉爸爸许多话,我现在还小,不能说得很有道理,但,总有一天,我会使爸爸不在离开我们,那时我捻开灯,我要跑到莉莉家去,告诉他们:

"我的爸爸在家,他在吐烟圈儿!"

会唱的球

这是今天下午的最后一节课。

当我刚一走上讲台,就看见下面有十几双小手举起来。

我知道,爱告状的孩子,不愿错过本日的最后一次机会。

让我想想——上一节他们上的是体育课,那就难怪了,教体育的冯老师很严,简直不许他们有告状的机会,体育课上又那么容易制造纠纷,你碰我一下,我踩你一脚,都可以构成告状的理由。

小小的年纪,先学会了讼棍的本事,我厌烦孩子们的这种坏习惯。我一边这么想,便装作没看见,尽管低着头翻书本,然后转身向黑板,开始写第二十六课《我最钦佩的人》的生字。

我这么做，常常很有效，他们见我不理，便会觉得无味，把举酸了的手放下来。但是这回并不，我听见："老师！"有一声轻轻的喊叫，我仍装作没听见。

"老——师！"我不能不回过头来，叫起最前面的一个。

"黄泽的球被人偷去了，老师，会唱的球！"被叫起来的这么报告。

又一个举起手来：

"那个球不是真正会唱，只是一打开就有音乐响起来。"

"黄泽的爸爸从香港带来的！"

"大概要美金一千块吧，被谁偷去了？"

"一定要把偷东西的贼捉到！"

大家被这个什么"会唱的球"搞得完全忘了教室里的秩序，你一言我一语地乱嚷着。但是真奇怪，那个失主黄泽却安坐在位子上，一语不发，大模大样，好像手下自有人替他办事。

我用板擦敲打着桌子："我到底听谁的？"我生气的声音压制了孩子们的骚扰，他们安静下来了。

"冯小宏，你说说到底是怎么回事儿？"

我叫起本班的班长,他可以有条有理地讲给我听,但是冯小宏今天也显得语无伦次了:

"是这么回事,老师,黄泽的爸爸从香港给他带来一个玻璃球,会唱的球,这么一打开,音乐就响起来了,盖上就不唱,不,就不响了,黄泽说值一百块美金,刘明说值一千块……"

我不得不截住他的废话:

"你就说球是怎么丢的好了,谁叫你讲价钱?"

我说这话是显得有点不耐烦了,叫黄泽的这个小失主,本来是个聪明而英俊的男孩子,他的父亲是一条商船的船长,当然有很多方便给他的家人,尤其他的宝贝儿子,经常带些外来货。吃的,穿的,用的,他在这班上总显得跟别人不同些。比如星期四是换洗制服的日子,这是为了给只有一套制服的学生方便,他们在这天可以不穿制服来上学,有两套制服的就换另外一套。但是黄泽每逢这天便换了他的新行头来,炫耀于同学间。至于各种玩具在他手里更是经常出现。手头阔绰其实也不是什么有失人格的事,各人的家庭环境不同,但是在物质生活极其贫乏的我们的国度里,就仿佛看不得这种突出的表现,是人人对物质的观念都免不了有些自卑感吗?

我虽然喜欢黄泽的聪明、用功，但也不能免去讨厌他的这些表现。

对于孩子们来说，黄泽更是常常影响同学们情绪的一个，在都市的生活里，物质的诱惑对人们是一个威胁，就是孩子也不例外。每逢黄泽表现了新花样时，便给其他的孩子们带来一阵骚动，看他们或艳羡、或巴结、或不屑，爱憎的反应虽然不同，但是却没有一个真正能"不动心"的。因此使我常常想到，难道我们的教育还缺欠点什么吗？

就拿今天的事情来说，更增加我的一份惶恐。据班长的报告说，在未上体育课前，这只"会唱的球"是在的，等他们从操场上完体育课回来，它便从黄泽的位子里失踪了。一定是他们在体育课上玩躲避球的时候，有人潜回了教室偷去的，当然他们也不知道是谁，连嫌疑的人都指不出来，不过他们愿意全体被搜查。

我这时忽然想起，在他们上体育课的时候，我到校长室去时曾路过本班的教室，在恍惚中仿佛看到窗子里有一个学生，但那只是一个背影，一个一律黄咔叽童子军服装下的背影！

但是，我们势必把这只"会唱的球"找出来，这只球不会离开偷它的人身上的,然而,在我的班上,谁又是那可疑的贼?我感到惶恐的倒不是怕搜不出这只球,反而怕的是从他们之中哪一个口袋里搜出来!这班学生是从他们二年级时,我便任教,到现在六年级,快毕业了,在要离开我以前,忽然出了一个贼。我侧过头,看黑板上我刚写的几个白色的字"我最钦佩的人",心中有说不出的不安。

我再向课堂上望去,六十多个学生,一百多只小眼睛,也闪闪地向我看着。在四年多的过程中,我了解每一个孩子,他们并不是各个都聪明的,有时笨得叫我着急;也不是各个都听话的,淘气的孩子常常挨我的骂。但是,在他们中间,要我指出一个做贼的来,却使我无法相信,但事实上,势必如此。

那么我们今天就不要上这课"我最钦佩的人"了吧?!

我把书合起来,擦掉黑板上的字,拍拍手上的粉笔末,孩子们一直用疑虑的眼光望着我的一举一动。

然后我用郑重的口气说:

"为了尊重同学们的人格,我不愿当场搜查每个同学,一个人是难免在一时糊涂中犯一点过错的,我相信他这时已经后悔了，他有一个改过的机会。好，同学们都排队到操场上去！"

孩子们以一种不知道老师的闷葫芦里卖的什么药的态度，面面相觑地排队走出去。到了操场上，我又说：

"现在我一个人回教室去，然后同学按着排队的顺序，一个个到教室里来，希望拿那个球的同学把球交给我，自己认为没有拿的，进来一趟再出去就好了。"

嘱咐完了，我便回到教室，安坐在讲台上的"太师椅"上。我已经预备好了台词，我将要用"温和的责备"的口气，对那个偷球的孩子说："好极了，你能够把球交出来，就等于重新拾回你的人格，圣人还有过呢，这算不得什么，只有我和你知道这件事，但我们要把它忘掉，从此不再提起它……"然后我拍拍他的肩膀，目送他出去。

每一个孩子走进来，见了我都有不同的表情，有的伸舌头做鬼脸，有的正经地说没有偷东西的理由，有的叫我搜查，有的自动把衣袋翻出来，有的淘气的在教室里绕一圈，有的……一直到班长走进来报告我说，全班的同学都已轮完时，我不免为之一惊——没有一个人把球交给我！

我向操场走去，那里有一群期待着我的孩子，我必须迅速地想出下一步应当怎么做，我慢慢地走，快快地想。到了操场上，我立刻很轻快地说：

"偷球的同学并没有把球交出来，"同学们听了，异口同声地惊叹了一下，"但是，我了解那位同学的意思了，这是他有生以来的第一次错误，他后悔极了，但他希望在没有任何人知道的情形下——包括老师在内，把球送回到黄泽的抽屉里，是不是？所以，这一回我也留在操场上。仍按着刚才的办法，拿球的人，就把球放回去。"

这也许仍是一次冒险的办法，这时离下课还有十几分钟了，我也为自己捏一把汗，在下课铃响以前，这只会唱的球是否会出现？可是一个负责教育使命的工作者，是不能摆脱或忽略任何责任的，我从来没有过。对孩子我有一份说不出的爱护的心，我是多么愿意看到他们成长、茁壮、灿烂、无垢……

小身影一个个从操场那边交替地跑过来，十几分钟在我的思虑中过去了，孩子们又都已轮完了。

"现在回到教室去！"

我不知道如果那球仍没有……我应当怎么办，我来不及再想了。可是当我走上讲台，还没有转过身来时，

下面一声喊：

"球！老师！"

跟着是一阵欢呼，待我面向台下时，黄泽把球高高地举起来，灿烂耀目，又亮又圆，掀开小玻璃盖，有一阵悠扬的音乐发出来。它便是使多少孩子羡煞的会唱的球，还差点儿让一个孩子为它犯了罪。

在音乐声里，下课铃响了，我告诉同学们说，明天午间大家带便当来学校吃，我们要补一堂课。

出了校门，后面有人追上来，是冯老师知道了这件事，特意来问我：

"到底是谁偷的？"

"我不知道，"我轻松地回答，同时我的脑海里却浮现一个黄咔叽童子军装的背影——在教室的窗外所看到的那个，我不用追究那孩子的正脸到底是谁，因为左耳后有一块秃疤的，在本班只有一个人！我心中暗暗地笑了，但是我仍漫不经心地接着对冯老师说：

"其实，又何必一定要知道呢！"